U0108155

珍・柏爾斯

兩位嚴肅的女人

林家瑄 譯

Jane Bowles

Two Serious Ladies

本書譯自一九四三年 Knoft 出版的 *Two Serious Ladies*。目前流通的版本分別可見一九八九年 Virago 現代經典系列，二〇〇〇年 Penguin 現代經典系列，二〇〇三年 Peter Owen 現代經典系列。亦收錄在本書作者全集 *My Sister's Hand in Mine*（Farrar, Straus and Giroux, 2005）。關於本書的詳細背景資料，請見《小小的原罪》（行人出版社，二〇〇五）十五至十六節。

本書原文並無任何註解，此處所附皆為譯註，以星號（*）表示。

兩位嚴肅的女人

1

克莉絲汀娜．戈林的父親是有著德籍父母的美國實業家，母親則是身世顯赫的紐約女子。克莉絲汀娜的前半生在一間非常美麗的房子中度過（距市區不到一小時）。這屋子是她從母親那兒繼承得來，她和姊姊蘇菲就是在這被帶大的。

孩提時代的克莉絲汀娜很不受其他孩子歡迎，但她從未特別因此感到不快，因為她從小就有著活躍的內心生活，減低了她對外在事物的察覺程度，甚至完全沒學到半點當時風行的各種進退禮儀，到了十歲她就被其他小女孩叫做「老古板」。即使在那時，她就已經帶著一副沒有任何人支持過，卻仍深信自己是個領導人的某種狂熱者姿態。

克莉絲汀娜深深地被她同儕們從未有過的想法所困擾，同時則對自己所處的社會地位視為理所當然，即便其他孩子對此無法忍受。三不五時會有個同學覺得她可憐而試著跟她相處，但對此完全沒有感激之意的克莉絲汀娜，則會竭盡全力說服她的新朋友去相信任何當時她正狂熱深信的東西。

另一方面，她的姊姊蘇菲則受到學校所有人的喜愛。她流露出寫詩的出眾天分，並且總是跟小她兩歲的一位名為瑪莉的安靜女孩在一起。

克莉絲汀娜十三歲時，有一頭極紅的頭髮(她長大後也是一直都這麼紅)，臉頰潮濕呈粉色，鼻子則展現出貴族的氣息。

那年蘇菲幾乎每天都帶瑪莉回家一起吃正式的午餐，在餐後還會一起去林間散步，兩人都會帶著一只裝花的籃子。蘇菲不允許克莉絲汀娜跟她們一起去散步。

「你得找到自己想做的事情。」蘇菲這麼告訴她。但克莉絲汀娜很難想到自己一個人會喜歡做的事，她習慣性地經歷許多心理掙扎——一般來說是宗教性的——而且比較喜歡跟其他人在一起，一同想遊戲來玩。這些遊戲大多都很具道德性，而且往往與上帝有關。不過其他人都不喜歡這種遊戲，所以她只得一個人度過白天的大部分時間。有一兩次，她模仿蘇菲和瑪莉，一個人去林間散步和摘花，但是每次她都因為害怕摘不到足夠的花以完成一個漂亮的花籃，而使得自己滿腦子都想著那些籃子：散步於是變得不像是樂趣，而更接近苦難。

克莉絲汀娜渴望跟瑪莉單獨在一起一整個下午。在一個陽光普照的午後，蘇菲進屋裡上鋼琴課，瑪莉一個人繼續坐在草坪上。在不遠處看到這個情況的克莉絲汀娜飛奔入屋內，心臟興奮地跳著。她把鞋子和襪子脫掉，身上只剩一件短短的白色內衣。這可不是種好看的光景，因為這時的克莉絲汀娜很胖，而且她的腿很肥。（那時根本無法預見她會變成一位高佻而優雅的淑女。）她跑到屋外的草坪上，要瑪莉看她跳舞。

「不要把眼睛移開喔，」她說，「我現在要跳一支歌頌太陽的舞。然後我會表演我比較喜歡有上帝而沒有太陽，而不是有太陽而沒有上帝。你懂嗎？」

「懂，」瑪莉說。「妳現在要跳嗎？」

「對，就在這裡。」她突兀地開始跳。那是支很笨拙的舞，而且動作全都還未決定。當蘇菲走到屋外，克莉絲汀娜正好在前後跑動，並用雙手做祈禱狀。

「她在做什麼？」蘇菲問瑪莉。

「在跳一支獻給太陽的舞吧，我想，」瑪莉說。「她要我坐在這裡看她跳。」

蘇菲走向克莉絲汀娜，後者正在不斷地轉圈圈，雙手微微地在空中搖著。

「小人！」她說，然後突然把克莉絲汀娜推倒在草坪上。

在那之後的好一陣子，克莉絲汀娜遠遠地躲著蘇菲，以及在一起的瑪莉。不過，她還有一次與瑪莉相處的機會。某天早上，蘇菲牙疼得非常嚴重，她的女家教只得立刻帶她去看牙醫。不知道這個消息的瑪莉在下午來訪，以為蘇菲會在家。克莉絲汀娜正在孩子們時常聚集的塔樓上，看到她從路上走來。

「瑪莉，」她尖聲大叫，「上來這裡。」當瑪莉到了塔樓，克莉絲汀娜問她要不要跟她玩一個非常特別的遊戲。「它叫『我原諒你所有的罪過』，」克莉絲汀娜說。「妳得把洋裝脫下來。」

「那好玩嗎？」瑪莉問。

「我們不是因為好玩才玩，而是因為我們必須玩。」

「好吧，」瑪莉說，「我跟妳玩。」她把她的洋裝脫下來，克莉絲汀娜把一個舊的粗麻布袋從瑪莉的頭上套下。她在麻袋上剪了兩個洞讓瑪莉能從裡往外看，然後在她腰上綁了一條粗繩子。

「來，」克莉絲汀娜說，「妳會被赦免所有的罪。要一直對自己說：『希望上主原諒我的罪』。」

她跟瑪莉衝下樓梯，穿過草坪往林子裡去。克莉絲汀娜還不確定自己要做什麼，但她非常興奮。她們走到一條環繞著樹林的小溪，溪邊的土壤柔軟而泥濘。

「到水裡來，」克莉絲汀娜說，「我想這樣可以讓我們洗掉妳的罪惡。妳必須站在泥巴裡。」

「在泥巴旁邊嗎？」

「在泥巴裡。妳的罪在嘴裡嚐起來很苦嗎？一定是的。」

「是。」瑪莉遲疑地說。

「那麼妳想要跟一朵花一樣乾淨而純潔，對不對？」

瑪莉沒有回答。

「如果妳不躺在泥巴裡，讓我在妳身上蓋滿泥，並且用溪水把妳洗乾淨；妳就會永遠有罪，妳想要永遠有罪嗎？這是妳該做決定的時候了。」

瑪莉站在她的黑色布袋裡不發一語。

克莉絲汀娜把她推倒在地上，開始在麻布袋上堆起泥巴。

「泥巴好冷。」瑪莉說。

「地獄的火焰則很熱，」克莉絲汀娜說，「如果妳讓我這麼做，妳就不會下地獄。」

「那不要弄太久。」瑪莉說。

克莉絲汀娜非常激動，她的眼睛閃亮。她把更多的泥巴堆到瑪莉身上，然後對她說：

「現在妳就可以到溪裡去洗乾淨了。」

「噢，拜託不要，不要水——我最討厭進入水裡。我怕水。」

「別管妳害怕什麼了。上帝在看著妳，而且祂對妳還沒有任何同情之意。」

她把瑪莉從地上抬起，然後抱著她走進溪裡。她忘了脫掉自己的鞋襪，洋裝沾滿泥巴。然後她將瑪莉的身體浸入水中。瑪莉透過麻布袋上的小洞看著她，並沒有想到要掙扎。

「三分鐘應該夠，」克莉絲汀娜說。「我要為妳禱告一下。」

「噢，拜託別那樣。」瑪莉哀求道。

「當然要。」克莉絲汀娜說，抬起眼睛望向天空。

「親愛的上帝，」她說，「請讓這個女孩瑪莉，像您的兒子耶穌一樣的純潔，將她的罪惡洗乾淨，就像溪水把泥沖走。這個黑色的布袋向您證明，她認為自己是個罪人。」

「噢，別說了，」瑪莉小聲說道，「就算妳對自己講祂也聽得到，妳現在根本是在大吼。」

「我想三分鐘到了。」克莉絲汀娜說道。「來吧，親愛的，現在妳可以站起來。」

「我們跑回房子吧，」瑪莉說，「我快要凍死了。」

她們跑回房子，然後從後面的樓梯上到塔樓裡。塔樓裡的房間很熱，因為所有的窗子都關上了。克莉絲汀娜突然覺得很不舒服。

「走吧，」她對瑪莉說，「去浴室把妳自己洗乾淨。我要畫畫。」她非常地困惑。「結束了，」她自言自語道，「遊戲結束了。等瑪莉弄乾自己我會叫她回家。我會給她一些彩色鉛筆帶回家。」

瑪莉從浴室回來，裹著一條浴巾，她仍然在顫抖，她的頭髮潮濕而直，臉比平常看起來小。

克莉絲汀娜轉頭不看她。「遊戲結束了，」她說，「只花了幾分鐘——妳應該把自己弄乾——我要出去了。」她走出房間，留下正拉緊肩上浴巾的瑪莉。

長大成人的戈林小姐並沒有比她小時候令人喜歡多少。她現在與一位簡隆小姐一起住在紐約市外的家。

三個月前，當戈林小姐坐在客廳看著外面葉子掉光的樹時，她的女僕報告有訪客前來。

「是位先生還是女士？」戈林小姐問道。

「一位女士。」

「立刻帶她進來。」戈林小姐說。

女僕帶了訪客過來，戈林小姐從椅子上站起身。「妳好嗎？」她說，「我想在此之前我並沒見過妳，但請坐。」

這位女性訪客身材矮小而結實，年紀大約三十幾歲到四十出頭之間。她穿著暗色又不入時的服裝，而且除了她那雙大大的灰色眼睛之外，整張臉在任何情況下都不引人注目。

「我是您的女家教的表親，」她對戈林小姐說，「她陪伴您許多年，您還記得她嗎？」

「我記得。」戈林小姐說。

「呃，我的名字是露西．簡隆。我表親總是談到您與您的姊姊蘇菲，我想來拜訪您已經有好幾年了，但老是有事情耽擱。不過，我們知道這個心願總有一天會實現。」

簡隆小姐的臉變紅了，她尚未被允許把帽子跟外套脫下。

「您的家真可愛，」她說，「我想您一定曉得這點，而且很喜歡它。」

此時戈林小姐對簡隆小姐充滿了好奇心，「妳做什麼維生？」她問她。

「恐怕不是什麼了不得的事。我這輩子都在幫知名作家繕打原稿，但最近越來越少作家這麼做了，或許他們都自己打稿子吧。」

戈林小姐正陷入沈思中，並沒有回話。

簡隆小姐無助地張望四周。

「請問您大部分時間都待在這裡，或者是去四處旅行？」她出其不意地問戈林小姐。

「我從未想到要去旅行，」戈林小姐說，「我不需要旅行。」

「從您的出身看來，」簡隆小姐說，「我想您生來就充滿了豐富的知識，您不會需要旅行。我有兩三次機會與我的作者們去旅行，他們願意負擔我全額的旅費和薪水，但我只去了一次，到加拿大。」

「妳不喜歡旅行。」戈林小姐盯著她說。

「它就是不適合我。我就試了那一次，從頭到尾我的胃都很不舒服，還有著神經性頭痛。那就夠了，我已經得到警告。」

「我完全可以理解。」戈林小姐說。

「我總是相信，」簡隆小姐繼續說，「人會得到自己的警告，那時他們內心就會發生衝突。我想，任何讓妳感到奇怪或是緊張的事情，妳就不該去做。」

「繼續說。」戈林小姐說。

「嗯，比如說，我曉得我不應該去做飛行員，我總是會做墜毀到地面的夢。還有不少事情也是我不會去做的，即使那令人覺得我像隻頑固的騾子。比如說，我不會穿過一大片水，倘若我越過海洋去英國就能得到想要的一切，我依舊不會去。」

「嗯，」戈林小姐說，「讓我們來用點茶和三明治吧。」

簡隆小姐狼吞虎嚥地吃著，一面盛讚戈林小姐的食物之美味。

「我喜歡吃好東西，」她說，「但我不再吃得到那麼多美食了。當我仍在為那些作者們工作的時候就還有辦法。」

她們喝完茶後，簡隆小姐便向女主人告退。

「剛剛真是開心，」她說，「我很想再多留一會兒，但我答應一位姪女今晚要幫她看孩子。她要去參加一個舞會。」

「妳一定感到很沮喪。」戈林小姐說。

「對，您說得沒錯。」簡隆小姐回答道。

「請務必再來看我。」戈林小姐說。

第二天下午女僕向戈林小姐報告有訪客，「就是昨天來訪的那一位女士。」女僕說。

「哎呀哎呀，」戈林小姐想，「還真不錯。」

「妳今天覺得如何？」簡隆小姐問她，一面走進房中。她問得很自然，似乎不覺得自己這麼快就再度來訪有任何不妥之處。「我昨天整晚都想著妳，」她說，「真有趣，我總覺得我應該來看妳。我表親老是告訴我妳有多奇怪，但我想，妳要嘛就跟奇怪的人較快成為朋友，不然就是完全不成——不是這樣就是那樣。我的許多作者們都很奇怪，從這點看來，我比一般人擁有更多這方面的人脈優勢，我也認識一些我稱之為『真正對上帝誠實』的狂人。」

戈林小姐邀請簡隆小姐留下來一起用餐，她覺得跟她相處起來很自在也很融洽。戈林小姐的緊張程度讓簡隆小姐留下深刻印象：當她們正要坐下的時候，戈林小姐說她沒辦法在餐廳用餐，要傭人們把餐桌擺到客廳。她花了好久時間把燈開開關關的。

「我瞭解妳的感覺。」簡隆小姐對她說。

「我可不太喜歡，」戈林小姐說，「不過我希望將來能好好控制自己。」

在喝過晚餐酒之後，簡隆小姐跟戈林小姐說，她應該保持現在的樣子才對。「親愛的，在那樣的家庭長大，」她說，「妳還能期待什麼？妳們的神經都得繃得緊緊的，全都是。妳得允許自己做些其他人沒有權利做的事。」

戈林小姐開始感到有點微醺，她夢幻般地看著正在吃第二份酒焗雞的簡隆小姐，她的嘴角有一點油漬的痕跡。

「我真喜歡喝酒，」簡隆小姐說，「但必須工作的時候可沒辦法，有很多空閒時間的時候就可以了。我現在可有不少。」

「妳有守護天使嗎？」戈林小姐問。

「我看看，我有一位死去的姑姑，或許妳指的是這個。她有可能在守護我。」

「我不是那個意思——我指的是很不一樣的事。」

「唔，當然——」簡隆小姐說。

「當妳很小的時候守護天使就來了，而且會給妳特許。」

「來自哪裡的特許？」

「世界啊。妳的可能是幸運，我則是金錢。大多數人都有一位守護天使；這就是為什麼他們移動得很慢。」

「這樣談論守護天使的方式真有想像力。我想我的守護天使是我提過的，會幫我注意到自己的警告。或許她可以幫我注意到對我們兩個的警告，那樣我就可以幫妳避免掉災禍。當然，是在妳的許可之下。」她加上最後一句，看起來有點困惑。

戈林小姐在那個時刻很確切地感受到箭隆小姐完全不是位溫和的小姐，但她拒絕面對這個事實，因為被照顧跟縱容的感覺太好了。她告訴自己只有一下子不會怎樣。

「箭隆小姐，」戈林小姐說，「如果妳能把這裡當自己的家就再好不過了——至少就這段時間。我想妳在別處應該沒有要緊的事情得處理吧？」

「沒有，我沒有什麼事情要處理。」箭隆小姐說，「我無法找到不留在這裡的理由——我得去姊姊那裡拿我的東西，除此之外我想不出任何事情。」

「拿什麼東西？」戈林小姐不耐煩地問，「妳根本不用回去，要什麼我們可以去店裡買。」她起身快步地在屋裡踱著。

「我想，」箭隆小姐說，「我還是應該回去拿東西。」

「但不是今晚，」戈林小姐說，「明天——明天開車去。」

「明天開車去。」箭隆小姐跟著她複誦一遍。

戈林小姐幫箭隆小姐安排了一個靠近自己臥房的房間，在晚餐完畢後不久就帶她過去。

「這個房間，」戈林小姐說，「有著全屋子最好的視野之一。」她把窗簾拉開，「妳今晚看得到月亮跟星星，箭隆小姐，還有天邊很棒的樹影。」

簡隆小姐站在梳妝台旁的陰影中，手指摸弄著她的胸針。她希望戈林小姐可以離開，讓她以自己的方式來思考這座房子和戈林小姐的款待。

在窗下的樹叢中突然有陣騷動，戈林小姐嚇了一跳。

「那是什麼？」她的臉色發白，手扶著額頭。「每當我被嚇到，我的心總是會一直痛好久。」她以一種微弱的聲音說道。

「我想我最好現在上床睡覺。」簡隆小姐說道，剛才所喝的酒似乎突然發生作用了。戈林小姐不情願地離開，她本來想聊個大半夜的。隔天早上簡隆小姐回家去收拾東西，並把她的新住址給了姊姊。

三個月後，戈林小姐比她們共進晚餐那晚稍微多瞭解了一點簡隆小姐的想法。此外，她則透過小心的觀察，曉得了很多簡隆小姐的個人特質。簡隆小姐剛到的時候，曾經講了許多她對華麗東西的喜好；但之後戈林小姐帶她去逛街購物無數次，發現她除了簡單的生活必需品之外，從未對其他事物流露任何興趣。

她很安靜，甚至有點陰鬱，但她似乎頗為滿足。她喜歡在大而昂貴的餐廳用餐，特別是有音樂演奏為伴的。她似乎不喜歡劇院，常常當戈林小姐買了戲票，簡隆小姐就在最後一分鐘不願意前往。

「我覺得好懶，」她會說，「而現在這張床就像是全世界最美的東西。」

當她總算去了劇院後，往往很容易覺得厭煩。每當劇裡的情節不夠緊湊時，戈林小姐就會發現她低頭盯著自己的腿、玩著手指。

她現在似乎對戈林小姐的行為比對自己的反應更激烈，即使她不像一開始時那麼熱衷地傾聽戈林小姐談論她自己。

週三下午簡隆小姐跟戈林小姐正坐在屋子前面的樹下，戈林小姐喝著威士忌，簡隆小姐則在讀書。女僕出來告訴戈林小姐說有一通打來找她的電話。

打電話來的是戈林小姐的一位舊識安娜，想要邀請她參加一個隔天晚上的派對。戈林小姐回到屋外的草坪上，看起來非常興奮。

「明天晚上我要去參加一個派對，」她說，「但我真是等不及到那個時候了——我好喜歡參加派對，但很少有人邀請我，結果弄得我都不知道真的參加派對時該怎麼辦了。我們要怎麼消磨派對開始之前的時間啊？」她牽起簡隆小姐的手。

天氣變得有點涼，戈林小姐打了個寒顫然後笑了。「妳喜歡我們小小的生活世界嗎？」她問簡隆小姐。

「我一直覺得很滿足，」簡隆小姐說，「因為我知道該拿什麼，該放下什麼，但妳則老是受外在事物支配。」

戈林小姐抵達安娜的住處，臉頰泛紅而且看起來有點打扮得太正式。她穿著天鵝絨質料的衣服，頭髮上有簡隆小姐幫她插上的花。

男士們——大部分為中年——集中在角落，一邊抽煙一邊神情專注地聽著彼此的對話。剛撲了粉的女士們散坐在房間內，話講得很少。安娜雖然面露微笑，但似乎有點緊張。她穿了件仿中歐農民風格的女主人式長袍。

「喝的東西一會兒就會端上了。」她向賓客宣布。然後她看到了戈林小姐，就走過去一言不發地帶她到考伯菲爾夫人的座位旁。

考伯菲爾夫人有著一張尖尖的小臉和黝黑的頭髮，身材嬌小而纖瘦。當戈林小姐在她旁邊的椅子坐下時，她正緊張地揉著自己裸露的上臂，往房間四處張望。她們幾年前在安娜的派對上見過面，偶爾一起喝茶。

「喔！克莉絲汀娜．戈林，」考伯菲爾夫人叫道，被突然坐到旁邊的這位朋友嚇了一跳，「我要離開了！」

「妳是說，」戈林小姐說，「妳要離開這個派對了？」

「不是，我要去旅行，等我告訴妳詳情，這真是太可怕了。」

戈林小姐注意到考伯菲爾夫人的眼睛比平常閃亮。「發生了什麼事？小考伯菲爾夫人？」她問，從她的座位上站起來，面帶昂揚微笑地環視著房間。

考伯菲爾夫人說，「喔，妳一定不會想聽的，妳不會看得起我的，但是沒關係，因為我非常敬重妳。有天我先生跟我說妳有著宗教的天性，我們幾乎因此大吵一架，當然他一定是瘋了才這麼說，妳是那麼地高深莫測，而且除了自己誰都不怕——宗教在其他人身上都令我厭惡。」

戈林小姐沒有回答考伯菲爾夫人，因為她正盯著一名壯碩的黑髮男人踏著沈重的步伐走向她們。當他走得更近，她注意到他有著一張愉快的面孔，寬寬的下顎往兩旁突出，但並未像大多數的胖子一樣往下垂；他穿著一套藍色的洽公西裝。

「請問我可以坐在兩位旁邊嗎？」他問她們，「我見過這位年輕女士，」他說，跟考伯菲爾夫人握了握手，「但我恐怕還沒見過她的朋友。」他轉身，對戈林小姐頷首示意。

考伯菲爾夫人非常不高興被打斷，因此並未向這位男士介紹戈林小姐。他把一張椅子拉到戈林小姐旁邊，看著她。

「我剛吃過一頓非常棒的晚餐，」他對她說，「價格平實，但是卻服務周到而且手藝精緻，如果妳有興趣的話，我可以為妳寫下這間小餐廳的名字。」

他將手伸進背心口袋裡，掏出一個皮製的皮夾，其中只剩一小張紙還沒被地址填滿。

「我幫妳寫下來，」他對戈林小姐說，「無疑地妳會再遇到考伯菲爾夫人，到時妳就可以告訴她這個訊息，或者她也可以打電話給妳。」

戈林小姐將這張小紙片拿在手中，仔細地看著上面的字。

他根本沒有寫下餐廳的名字，而是想徵得戈林小姐的同意，待會跟他一起去他的住處。這讓她非常開心，因為只要有機會離開家，能夠在外面待得越久她越高興。

她抬頭看著這名男子，他臉上的表情莫測高深。他平靜地啜飲著酒，像個生意剛剛塵埃落定的人一樣環視房間。然而，他的額頭上滲出了一些小汗珠。

考伯菲爾夫人嫌惡地瞪著他，但戈林小姐的臉突然亮了起來。「讓我告訴你們，」她對其他兩人說，「今早發生的一件怪事。坐好，小考伯菲爾夫人，聽我說。」考伯菲爾夫人看著戈林小姐，握住這位朋友的手。

「我昨晚跟我姊姊蘇菲一起住在市內，」戈林小姐說，「今天早上我站在窗口喝著咖啡，蘇菲房子旁邊的那棟建築正在拆除中，我想他們要在那裡蓋棟公寓大廈。今天早上不但風非常大，還間歇地下著雨。從我所在的窗戶可以看到那棟建築物的房間內部，因為面對我們的那道牆已經被拆掉了。有些房間還留著點傢俱，我就站在那裡看著它們，還有雨噴到壁紙上。那些壁紙有花的圖案，已經出現黑色的斑點，而且那些斑點越來越大。」

「真是神奇，」考伯菲爾夫人說，「或者該說令人沮喪。」

「最後我覺得看著這樣的情景很難過，想要走開，這時一個男人走進了其中一個房間。他特地走到床前，拿起一件床單折好夾在腋下——那一定是他之前忘了打包的個人物品，現在正好回來拿。然後他在房間裡漫無目的地走了一會兒，最後在房間的邊緣停了下來，往下望著，雙手叉腰。我現在可以更清楚地看到他，而且一看就知道他是個藝術家，他就站在那裡，我越來越感到可怕，就好像我在看一場惡夢中出現的景象。」

此時戈林小姐突然站起來。

「他有跳下去嗎？戈林小姐？」考伯菲爾夫人關切地問。

「沒有，他站在那裡好一會兒，帶著一種愉快的好奇表情往下看著中庭。」

「這真是神奇，戈林小姐，」考伯菲爾夫人說，「我覺得這真是一個引人入勝的故事，真的，但它實在嚇我一大跳，我再也不想聽這種故事了。」她的話才剛說完，就聽到她的丈夫說：「我們會到巴拿馬市，在那邊待一陣，然後再進入內陸。」考伯菲爾夫人按著戈林小姐的手。

「我想我受不了，」她說，「真的，戈林小姐，想到要去我就好害怕。」

「是我的話我還是會去。」戈林小姐說。

考伯菲爾夫人從椅子上跳起，跑進書房。她小心地將房門鎖上，然後倒在沙發隆起處，開始苦悶地啜泣。當她終於止住哭泣，便拿起粉撲了撲鼻子，坐到窗台上，俯視下方已經變暗的花園。

一兩個小時後，阿爾諾，這位穿著藍色西裝的壯碩男子，仍然在跟戈林小姐說著話。他提議兩人離開派對到他的住處去，「我想在那兒我們能談得更愉快，」他告訴她，「沒有這麼多噪音，而且我們能夠更自由地說話。」

雖然戈林小姐一點都不想離開，她非常高興能待在一個充滿人的房間裡，但卻不太知道如何婉拒他的邀請。

「好啊，」她說，「我們走吧。」他們起身一起安靜地離開了房間。

「別跟安娜說我們要先走，」阿爾諾告訴戈林小姐，「那樣只會引起騷動。我保證明天會送些甜點，或是花給她。」他捏了捏戈林小姐的手，對她微笑。她不確定他這樣做是不是有點太過親暱。

＊

離開安娜的派對後，阿爾諾跟戈林小姐走了一會兒，然後攔了一部計程車。到他住處的途中經過了許多陰暗而廢棄的街道，戈林小姐對此表現得相當緊張而歇斯底里，讓阿爾諾有點警覺。

「我一直覺得，」戈林小姐說，「司機只是在等待乘客忘我地陷入談話，然後就可以把車開到某個街道，某個荒涼而無人的地方，好讓他們可以折磨甚至謀殺他們。我相信許多人也有這樣的想法，只是她們會刻意避而不談。」

「既然妳住的離市區那麼遠，」阿爾諾說，「妳何不在我家過夜？我們有多的臥房。」

「也許我應該這麼做，」戈林小姐說，「即使這完全不符合我的行事原則，不過，那原則也從未被我實行過，雖然它還是我判斷事情的依據。」講完之後，戈林小姐顯得有點鬱鬱寡歡，剩下的路程在寂靜中度過。

阿爾諾的公寓位在三樓。他把門打開，然後他們就走進了一個有著高達天花板的書架的房間。沙發已經被弄成睡鋪，阿爾諾的拖鞋就放在旁邊一些零亂的物品當中。傢俱都很厚重，一些東方的小飾品散置各處。

「我睡在這裡，」阿爾諾說，「臥房給我父母睡。有個小廚房，但我們比較喜歡在外面吃。還有一間本來要當傭人房的小臥室，但我寧願睡在這，讓我可以看看我的書。書是我的一大慰藉。」他重重地嘆了口氣，雙手放在戈林小姐的肩膀上。「妳知道，我親愛的女士，」他說，「我並不是在做我喜歡的事情……我是個房地產經紀人。」

「那你喜歡做的事是什麼？」戈林小姐問，看起來疲倦又冷淡。

「一些……像是跟書或跟繪畫有關的事。」

「但是你沒辦法？」

「不行，」阿爾諾說，「我家人不認為那些算是正當職業。此外，既然我得養活自己以及分攤這間公寓的租金，我只好去應徵我叔叔公司的一個職缺，在那兒我倒是很快就成為他最賺錢的銷售員。不過，到了晚上，我就有很多時間可以跟與房地產無關的人來往。事實上，他們很少想到賺錢這回事——當然這些人還是會想獲得溫飽。現在，即使我已經三十九歲了，我還是很認真地希望能夠完全脫離家裡。我並不用他們的眼光看待生命，而且我越來越無法忍受在這裡跟他們一起生活。就算我可以在此隨意接待任何人，也是因為我有付這裡的房租。」

他在沙發上坐下，用手揉著眼睛。

「請原諒，戈林小姐，我突然覺得很想睡。這陣睡意應該會過去。」

戈林小姐的飲料已經喝完了，而且她覺得這是個回到箇隆小姐身邊的好時機，但是她沒有勇氣自己單獨搭車回家。

「哎，我想這會讓妳很失望，」阿爾諾說，「妳知道我已經愛上了妳，我想帶妳來這裡，告訴妳我生命中所發生的事情，但現在我卻失去了講話的心情。」

「或許你可以改天跟我講。」戈林小姐說，她開始快速地踱步。她停下來，轉身面對他，「請問你建議我回家還是留在這裡？」

阿爾諾看著他的手錶，「請務必留下來。」他說。

就在此時阿爾諾的父親走進來，穿著一件家居袍，手裡拿了一杯咖啡。他很瘦，臉上有點鬍子，他看起來比阿爾諾要醒目。

「晚上好，阿爾諾，」他父親說，「幫我介紹一下這位年輕小姐好嗎？」

阿爾諾幫他們介紹了彼此，然後他父親問戈林小姐為何不脫掉她的外套。

「當妳這麼晚還沒睡，」他說，「又捨棄了自己床鋪的舒適跟安全，妳起碼可以讓自己舒服點。我的兒子阿爾諾從來不會想到這些。」他脫下戈林小姐的外套，然後讚美她可愛的服裝。

「現在，告訴我你們去了哪裡，還有做了什麼。我自己沒有什麼社交生活，有妻子跟兒子的陪伴我就滿足了。」

阿爾諾聳聳肩，假裝若無其事地看著房間，但是，任何有點觀察力的人，都可以看出他臉上充滿敵意。

「跟我說說這個派對吧，」阿爾諾的父親一面調整他圍在脖子上的領巾，一面說著，「**妳來告訴我**。」他指著戈林小姐。這讓她開始覺得比較開心，因而立刻喜歡阿爾諾的父親甚過阿爾諾。

「我來告訴你，」阿爾諾說，「有很多人在那裡，主要是有才華的藝術家，有一些很成功而且很有錢，有些只是因為繼承了某個家族成員的遺產而很有錢，而有些則只得溫飽而已。然而那裡沒有人把錢當作目標，所有人都是有足夠吃的東西就滿足了。」

「就像野生動物一樣，」他父親說，站了起來，「就像野狼！如果人沒有想要得到些好處的想法，那人跟野狼又有什麼差別？」

戈林小姐笑到流出眼淚。阿爾諾從桌上拿起幾本雜誌，開始快速地翻閱它們。

就在那時阿爾諾的母親走進了房間，一手拿著一個堆滿蛋糕的盤子，另一手拿著一杯咖啡。她看起來邋遢而不起眼，身材跟阿爾諾很像，她穿了一件粉紅色的浴袍。

「歡迎，」戈林小姐對阿爾諾的母親說，「可以把妳的蛋糕分一塊給我嗎？」

阿爾諾的母親——一位非常不懂禮教的女子，她不但不願分蛋糕給戈林小姐，反而還把盤子攏得更緊。她對戈林小姐說，「妳認識阿爾諾很久嗎？」

「沒有，我今晚才在一個派對上認識妳的兒子。」

「那麼，」阿爾諾的母親說，把盤子放下來，坐到沙發上，「我想那不久，不是嗎？」

阿爾諾的父親被他的妻子弄得很不高興，而且清楚地表現在臉上。

「我討厭這件粉紅色浴袍。」他說。

「你為什麼在有客人的時候提這個？」

「因為有客人也沒讓它看起來有什麼不一樣。」他對戈林小姐大大地眨了一下眼，然後開始爆笑出聲。戈林小姐再次被他的評語逗得開懷大笑，而阿爾諾比之前更陰鬱了。

「戈林小姐，」阿爾諾說，「她害怕一個人回家，所以我告訴她可以睡在那間多出來的房間，雖然那裡的床並不是很舒適，但起碼她可以享有點隱私。」

「**為什麼**，」阿爾諾的父親說，「戈林小姐害怕一個人回家呢？」

「因為，」阿爾諾說，「這麼晚了，一位女子沒有伴護獨自在街上走動，或甚至搭計程車都不太安全，而且她家又住得很遠——當然，如果不是她家住得那麼遠的話，我自然會親自陪她回去。」

「你講話真像個娘娘腔，」他父親說，「我以為你跟你朋友才不會怕這種事，我以為你們是野性的傢伙，搶劫對你們來說就像飛熱氣球一樣。」

「噢，別這樣講話，」阿爾諾的母親說，看起來真的被驚嚇到，「你為什麼要這樣跟他們說話？」

「我希望妳可以去睡覺，」阿爾諾的父親說，「事實上，我必須命令妳去睡，否則妳會感冒。」

「他是不是很恐怖？」阿爾諾的母親說，對戈林小姐微笑，「即使家裡有客人的時候他也不控制一下那像獅子一樣的脾氣，他**有著**獅子般的脾氣，整天在公寓裡面咆哮，而且對阿爾諾跟他的朋友們感到很不高興。」

阿爾諾的父親重重走出房間，然後他們聽到穿廊傳來一扇門被甩上的聲音。

「很抱歉，」阿爾諾的母親對戈林小姐說，「我無意擾亂這個聚會。」

戈林小姐非常不高興，因為她覺得那個老人令她覺得愉快，而阿爾諾則越來越讓她沮喪。

「我帶妳去看看今晚妳要睡的地方好了。」阿爾諾說，他從沙發上站起身，讓腿上的雜誌滑落到地上。「呃，」他說，「往這邊走。我很想睡，而且被野狼什麼的事情煩死了。」

戈林小姐不情願地跟著阿爾諾走到穿廊上。

「怎麼辦，」她對阿爾諾說，「我得承認我還不想睡，這真是太糟糕了，對不對？」

「對，很糟，」阿爾諾說，「我可是躺在地毯上就能一直睡到明天中午，我真的累壞了。」

戈林小姐覺得這個回答非常缺乏待客之道，她開始感到有點害怕。阿爾諾得去找打開房間的鑰匙，而戈林小姐被獨自留在門前站了好一陣子。

「控制一下妳自己。」她對自己大聲地說，因為她的心開始跳得很快。她懷疑為什麼要讓自己離開家和簡隆小姐這麼遠。阿爾諾終於找到鑰匙回來，把房間的門打開。

那是一間很小的房間，而且比他們之前所在的房間要冷得多。戈林小姐期待阿爾諾會對此感到非常歉咎，但雖然他打了個寒顫還搓了搓雙手，卻什麼都沒說。窗子上沒有窗簾，但有一個黃色的遮陽幕，已經被拉下。戈林小姐一屁股坐到床上。

「那麼，我親愛的，」阿爾諾說，「晚安，我要去睡覺了。也許明天我們可以去看些畫，或者妳願意的話，我也可以到妳家去。」他將手環住她的脖子，輕輕地在她唇上吻了一下，然後就離開了房間。

她非常生氣，氣到連淚珠都在眼眶裡打轉。阿爾諾在門外站了幾分鐘，然後就走開了。

戈林小姐走到梳妝台前，把臉埋在手裡。她維持了這個姿勢很久，雖然她冷得發抖。終於，門上傳來一聲輕敲。她就像開始一樣突兀地止住了哭泣，跑去把房門打開。阿爾諾的父親站在門外光線昏暗的穿廊，穿著粉紅色直條紋睡衣，對她敬了一個小禮作為招呼。之後他站著不動，明顯地在等待戈林小姐邀他進房。

「請進，請進，」她跟他說，「看到你我好高興。天啊！我真有種被遺棄的感覺。」

阿爾諾的父親進了房間，在戈林小姐的床尾坐下，搖晃著他的腳。他有點做作地點燃煙斗，然後看了看他四周的房間牆壁。

「那麼，女士，」他對她說，「妳也是個藝術家嗎？」

「不是，」戈林小姐說，「小時候我想當個宗教領袖，現在我只是住在自己的房子裡，盡量不要覺得太不快樂。一位朋友跟我住在一起，讓整件事比較容易一點。」

「妳覺得我的兒子怎麼樣？」他問，對她眨眨眼。

「我才剛認識他。」戈林小姐說。

「妳很快就會發現到，」阿爾諾的父親說，「他是個不怎麼樣的人，完全不知道什麼叫做拼鬥。我不認為女士們會喜歡這個。實際上，請原諒我告訴妳一個訊息，我得說我不認為阿爾諾跟很多女人交往過。我自己習慣了拼鬥，我一輩子都在跟我的鄰居們拼，而不是像阿爾諾一樣還跟他們一起坐下來喝茶，我的鄰居們也都像老虎一樣反擊我。阿爾諾是不做這種事的。我人生的目標一直是要勝過我的鄰居們，而如果最後我比我所認識的任何一個人都差的話，我也願意承認完全的失敗。我有好幾年沒出門了，沒有人來看我，我也不去看別人。現在，對阿爾諾跟他的朋友們而言，沒有什麼事情會真正開始或結束。對我來說他們就像髒水裡的魚，如果生活在某方面過得不順，或是某個地方的某些人不喜歡他們，他們就到別的地方去。他們的目的就是要討好人以及被討好，這也就是為什麼從後面對他們的腦袋敲上一記是那麼容易的事，因為他們一生都沒真正恨過什麼東西。」

「多麼奇特的說法！」戈林小姐說。

「這不是什麼說法，」阿爾諾的父親說，「這些是我自己的想法，從我自己的個人經驗中得來的。我非常相信個人經驗，妳不是嗎？」

「噢，是的，」戈林小姐說，「而且我相信你對阿爾諾的評價是對的。」貶低阿爾諾讓她有一種奇特的快感。

「講到阿爾諾，」他的父親繼續說道，他似乎越說越高興，「阿爾諾無法忍受任何人知道他其實是沒有才能的。每個人都知道你有多少斤兩，而願意安於本分的人總是有鋼鐵般意志。」

「反正阿爾諾也不是個藝術家。」戈林小姐插嘴說。

「沒錯，正是如此。」阿爾諾的父親說，他越來越興奮。「正是如此！他既沒有能力，沒有膽子，也沒有毅力成為一個好的藝術家。藝術家必須有能力、膽量，和特質。阿爾諾跟我老婆一個樣。」他繼續說。「我在她二十歲的時候因為一些生意上的原因娶了她，每次我跟她提到這個，她就哭。她是另一個笨蛋，她根本不愛我，但這個念頭讓她害怕，所以她就用哭的。她有雙綠眼睛*而且也的確善妒，就像隻大蟒蛇一樣纏著她的家人和她的房子，雖然她在這裡也沒多快樂。事實上，我得承認，她的生活過得很糟。阿爾諾以她為恥，而我則整天挖苦她。但即使她的確很膽小，卻還能夠展現點爆發力跟能力。我想，因為她跟我一樣，還忠於某種理想。」

就在此時門上傳來一聲輕敲。阿爾諾的父親一個字都沒說，但戈林小姐高聲問道，「是哪位？」

「是我，阿爾諾的母親，」回答傳來，「請現在就讓我進去。」

「稍等一下，」戈林小姐說，「我就來幫妳開門。」

「不要，」阿爾諾的父親說，「別打開門，她根本沒權力命令誰把門打開。」

「妳最好把門打開，」他的妻子說，「不然我就叫警察，我是認真的——我之前可從來沒威脅人過要叫警察。」

「有，妳之前有一次威脅過要叫警察。」阿爾諾的父親說，看起來很擔心。

「面對我這樣的人生，」阿爾諾的母親說，「我會立刻把所有的門打開，讓每個人進來目睹我是如何地蒙羞。」

「她才不會這麼做，」阿爾諾的父親說，「她生起氣來講話就像個笨蛋。」

「我讓她進來。」戈林小姐說，朝門走去。她不覺得有被嚇到，因為從聲音判斷，阿爾諾的母親聽起來比較是傷心而不是憤怒。但當戈林小姐打開門時則驚訝地發現，她的臉充滿憤怒，眼睛瞇成一條縫。

「妳為什麼老是假裝睡得很熟？」阿爾諾的父親說。這是他唯一想得到的話，即使他自己知道，這話在他老婆耳裡聽起來是多麼不適當。

「妳是個妓女。」他妻子對戈林小姐說。戈林小姐著實被這句話嚇呆了，而且大部分是被自己的反應，因為她一直以為，這類事情對她來說不算什麼。

---

*「綠色眼睛」(green-eyed)在英文原指善妒的。

「恐怕妳完全弄錯了，」戈林小姐說，「而且我相信將來我們會成為好朋友的。」

「如果妳讓我自己選朋友我會很感謝。」阿爾諾的母親回答道，「實際上，我已經有自己的朋友了，而我不打算增加一個，至少不是妳。」

「那很難講。」戈林小姐說，軟弱地退了一步，嘗試以一種輕鬆的姿態靠在梳妝台上。但很不幸地，在阿爾諾的母親叫戈林小姐妓女的時候，就給了她丈夫一個可以捍衛自己的立足點。

「妳好大的膽子！」他說。「妳竟敢叫一個在我們家作客的人是妓女！妳完完全全違背了待客之道，而我可不會袖手旁觀。」

「別唬弄我，」阿爾諾的母親說，「她立刻得離開，不然我就大鬧一場讓你後悔莫及。」

「聽著，我親愛的，」阿爾諾的父親對戈林小姐說，「也許妳應該離開，為了妳自己好。天已經快要亮了，所以妳完全不用害怕。」

阿爾諾的父親緊張地看看四周，然後快速地離開房間，走到穿廊，他的妻子跟著他。戈林小姐聽到一扇門被重重甩上，她想像他們會繼續爭執。

至於她自己，則一頭衝過穿廊，跑出房子。走了一會兒後，她找到一輛計程車。坐上車幾分鐘後，她就睡著了。

*

隔天陽光普照，簡隆小姐跟戈林小姐兩人坐在草坪上爭執著。戈林小姐在草坪上伸展著四肢，簡隆小姐則似乎是兩人中比較不滿的一個。她皺著眉頭，越過肩頭看著她們後方的房子。戈林小姐的眼睛閉著，臉上帶著微微的笑意。

「嘿，」簡隆小姐轉身說道，「妳對自己所做的事情根本毫無概念，竟然還有房產，這對整個社會來說真是一大罪惡。房產應該屬於會喜愛它們的人。」

「我想，」戈林小姐說，「我比大多數人都喜歡它。它給我一種舒適的安全感，我已經跟妳講過好幾次了。但是，為了實現我對於救贖的小小想法，我真的認為我必須住在某個更俗麗的地方，特別不是一個我所出生的地方。」

「就我看來，」簡隆小姐說，「妳每天利用幾個小時就能夠好好實現妳的救贖，不需要把每樣東西都換掉。」

「不行，」戈林小姐說，「那樣就不符合時代精神了。」

簡隆小姐在她的椅子上換了個姿勢。

「時代精神，不管那是什麼，」她說，「沒有妳也一定可以存在得很好——也許還寧願這樣。」

戈林小姐笑了，搖搖頭。

「這個精神的意思是，」戈林小姐說，「在我們內在的敦促力開始在我們身上強加一些完全獨斷的改變，根據這些敦促力先改變我們自己的抉擇。」

「我可沒有這樣的敦促力量，」簡隆小姐說，「而且我覺得妳竟然膽子大到把妳自己跟別人混為一談。事實上，如果妳離開這間房子，我就把妳當做是一個無藥可救的瘋子放棄妳了。畢竟，我不是那種想跟瘋子一起住的人，也沒人想。」

「當我會放棄妳的時候，」戈林小姐說，她坐直，得意地把頭往後甩，「當我會放棄妳的時候，我一定已經放棄比房子更多的東西了，露西。」

「這又是妳的鬼話，」簡隆小姐說，「我左耳進，右耳出。」

戈林小姐聳聳肩，走到屋子裡去了。

她站在客廳一會兒，整理一下花瓶裡的花，就在要走回房間睡個覺的時候，阿爾諾出現了。

「哈囉，」阿爾諾說，「我本來想早點來看妳的，但卻沒辦法，我們吃了一頓冗長的家族午餐。我覺得花在這個房間裡看起來很漂亮。」

「你父親還好嗎？」戈林小姐問他。

「噢，」阿爾諾說，「他還好，我猜。我們彼此沒什麼好說的。」戈林小姐注意到他又開始流汗了。來到她的房子顯然讓他很興奮，因為他甚至忘了脫下草帽。

「這真是棟非常美麗的房子，」他告訴她，「它有一種震顫我的往日韻味，妳一定一點都不想離開它。呃，我父親似乎跟妳很有話聊，別讓他太自鳴得意了，他認為女孩子都會為他瘋狂。」

「我非常喜歡他。」戈林小姐說。

「那麼，我希望妳喜歡他這件事，」阿爾諾說，「不會妨礙到我們的友誼，因為我已經決定要常常來看妳了，如果妳同意我這麼做的話。」

「當然，」戈林小姐說，「隨時都可以。」

「我想我來妳家比較好，妳不必覺得這是種束縛。我一個人坐著思考也很愉快，因為妳知道我很想要發展自己的某些方面，跟現在很不一樣的。我很不滿意現在我所發展的方向。妳一定可以想像，我連邀幾個朋友辦個晚餐派對都不可能，因為我父親跟母親都足不出戶，只能我離開。」

阿爾諾自己在一張大窗戶旁邊的椅子坐下，伸長了腿。

「來這兒！」他對戈林小姐說，「來看風撥動樹梢，世上再沒有更美的景致了。」他認真地看著她好一會兒。

「妳有牛奶，麵包和橘子果醬嗎？」他問她，「我希望我們之間可以不用客套。」

戈林小姐很驚訝阿爾諾在剛吃過午餐後就要東西吃，她判斷這無疑地就是他這麼胖的原因。

「當然有。」她甜美地說，然後走去吩咐僕人準備。

這時簡隆小姐決定進屋來，看看是否能用她的論點說服戈林小姐。當阿爾諾看到她的時候，他曉得她就是戈林小姐前一晚所提到的同伴。

他立刻站起身來，因為他認為，對他來說跟簡隆小姐好好相處是非常重要的。

簡隆小姐自己則非常高興看到他，因為她們很少有訪客，而幾乎跟任何人講話都比跟戈林小姐還來得開心。

他們自我介紹了一下，然後阿爾諾在他自己的座位附近拉了一張椅子給簡隆小姐坐。

「妳是戈林小姐的同伴，」他對簡隆小姐說，「我覺得真好。」

「你覺得很好？」簡隆小姐問，「那可真是有趣。」

阿爾諾對簡隆小姐的回答露出愉快的微笑，然後沒講什麼地坐了一會兒。

「這間房子蓋得非常有品味，」他終於說，「而且充滿了安寧與平和。」

「這全看你怎麼看它。」簡隆小姐快快地說，突兀地扭頭望向窗外。

「有些人，」她說，「會把平和從門前趕開，彷彿它是隻從鼻子噴出火焰來的紅色巨龍，有些人也不肯讓上帝清靜點。」

阿爾諾往前傾身，想要同時表現出謙恭跟興趣。

「我想，」他嚴肅地說，「我想我瞭解妳想說什麼。」

然後他們同時往窗外看，發現在遠處的戈林小姐，肩上披著一條披肩，正在跟一個年輕人講話。他們無法辨識那人，因為他正背對著陽光。

「那是經紀人，」簡隆小姐說，「我想從現在起沒什麼轉圜餘地了。」

「什麼樣的經紀人？」阿爾諾問。

「幫她賣房子的經紀人。」簡隆小姐說，「這是不是無法言喻的恐怖呢？」

「噢，我很遺憾，」阿爾諾說，「我覺得她這樣做太傻了，但我想我無能為力。」

「我們將要，」簡隆小姐補充說，「住在一棟有四個房間的屋子裡，還得自己煮飯。那屋子在鄉下，被一堆樹圍繞。」

「那聽起來真的不怎麼樣，對不對？」阿爾諾說，「但為什麼戈林小姐決定要做這樣的事呢？」

「她說這只是一個龐大計劃的剛開始。」

阿爾諾似乎很難過，他不再跟簡隆小姐說話，只是抿起雙唇看著天花板。

「我想世界上最重要的事情，」他慢慢地說，「是友誼跟理解。」他帶著疑惑看著簡隆小姐，似乎放棄了什麼事情。

「請問，簡隆小姐，」他又說了一次，「你不同意我說的，世界上最重要的事情是友誼跟理解嗎？」

「我同意，」簡隆小姐說，「而保持理智也是。」

一會兒戈林小姐就回來了，手臂下夾了一卷紙。

「這些，」她說，「就是契約。我的天，它們還真是長，但我覺得那位經紀人是個好人。他說他覺得這間房子很不錯。」她伸出手把契約先給阿爾諾看，然後再給簡隆小姐看。

「我想，」簡隆小姐說，「妳會害怕照鏡子，以免看到一個沒理智又怪異的東西。我不想看這些契約，請立刻把它們拿開。耶穌基督！」

事實上，戈林小姐的確看起來有點失去理智，而且機警的簡隆小姐注意到她拿著契約的那隻手在顫抖。

「妳的小屋子在哪裡，戈林小姐？」阿爾諾問她，試著要用比較自然的口氣談話。

「在一個島上，」戈林小姐說，「坐渡船的話離市區不遠。我記得小時候去過那個島，而且一直不喜歡它，因為就算走在大陸這邊的林子裡或田野間，都聞得到從黏膠工廠傳出來的氣味。島的一頭有不少人居住，但那邊的店裡只買得到三流的東西。在島的較遠處更原始和舊派，然而有一班列車常常開到渡船港口，而且也到島的另外一頭。你會到達一個挺荒廢又粗獷的小鎮，而且我想你會有點害怕地發現，對面的大陸跟島本身一樣的污穢下流，不會給你任何保護。」

「妳似乎很仔細地，也從各個角度瞭解了這個狀況，」簡隆小姐說，「請接受我的讚美！」她從她的座位上朝戈林小姐揮手致意，但很容易可以看得出來，她一點都沒有玩笑之意。

阿爾諾在他的椅子上不安地挪動。他咳了兩聲，然後非常溫和地對戈林小姐說話。

「我確定那個小島一定也有些優點，妳一定曉得，也許妳現在可以講出來讓我們驚訝一下，而不是讓我們失望。」

「現在我一個也想不出來。」戈林小姐說，「為什麼問呢？你要跟我們一起去？」

「我想我樂意跟妳在那兒共度些時光，如果妳願意邀請我的話。」

阿爾諾覺得難過又不安，但他覺得一定要跟戈林小姐保持親近，無論她選擇搬到什麼樣的世界去。

「如果妳邀請我的話，」他又說了一次，「我會很高興能夠跟妳在一起一陣子，然後我們再看情況如何。我可以繼續跟我父母分租公寓，但不用總是住在那裡。可是我不建議妳把妳美麗的房子賣掉，不如當妳不在的時候把它出租或者供人寄宿。妳一定會改變主意想要回這間房子裡的。」

簡隆小姐開心得臉色泛紅。

「那對她來說太像人會做的事情了。」她說，但她看起來開始抱有一點希望。

戈林小姐彷彿在夢中，根本沒有在聽他們兩個人講話。

「怎麼，」簡隆小姐說，「妳不給他一個回答嗎？他說：不如妳把房子給人寄宿或出租，這樣妳若是改變主意的話還可以回來。」

「噢，不了，」戈林小姐說，「非常謝謝你。但我不能那麼做，那樣做沒有什麼意義。」

阿爾諾以咳嗽來掩飾他的困窘，因為自己講了對戈林小姐來說那麼不中聽的話。

「我不該，」他對自己說，「我不該太站在簡隆小姐那邊，不然戈林小姐會認為我也是那樣想的。」

「也許把所有東西賣掉，」他大聲地說，「是最好的。」

2

當船駛入巴拿馬的港口時，考柏菲爾夫婦就站在甲板上。考柏菲爾夫人非常高興終於能看到陸地。

「你現在得承認，」她對考柏菲爾先生說，「陸地比海上好多了。」她自己對於溺水有非常大的恐懼。

「這不只是對海的害怕，」她繼續說，「而且是很無聊，一直都是同樣的東西。雖然顏色很美。」

考柏菲爾先生正研究著海岸線。

「如果妳站好，朝港口那些房子之間看，」他說，「可以瞄到一些載滿了香蕉的綠色火車。它們好像是二十分鐘一班。」

他太太並沒有回答他，而是戴上了手裡一直拿著的那頂遮陽帽。

「你沒開始感覺到那股熱了嗎？我可有。」她終於對他說。當她沒有得到回應時，她沿著扶手走動，往下看著水。

此時正好有位她在船上結識的肥胖婦人過來跟她說話，考柏菲爾夫人開心了起來。

「妳捲了頭髮！」她說，這位女子笑了。

「現在，要記得，」她對考柏菲爾太太說，「等妳一到旅館，就放鬆自己休息一下。不管他們向妳保證那會是多狂野的一段時光，都別讓人拖妳到街上去，反正街上也只有猴子而已。整個鎮上沒有一個看起來體面的人不跟美軍有關的，而美國人大都待在自己的地盤內。美國的地盤叫做克里斯托堡（Cristobal），跟柯隆（Colon）是分開來的。柯隆只擠滿了混血兒跟猴子。克里斯托堡很不錯，那裡每個人都有自己的蚊帳門玄關。柯隆的那些猴子們則從沒想到該把自己包起來，反正就算有蚊子在咬，他們也感覺不出來，即使知道了也不會抬起手來把蚊子趕開。要吃很多水果，要小心那些店家，它們大部分是印度人開的。他們就像猶太人，妳知道，會把妳騙得團團轉。」

「我不想買什麼東西，」考柏菲爾太太說，「但當我人在柯隆的時候，可以去看妳嗎？」

「我愛妳，親愛的，」這位女子回答道，「但是當我在這兒的時候，每分每秒都想跟我的兒子在一起。」

「沒關係。」考柏菲爾太太說。

「當然啦，妳有那麼俊美的丈夫在。」

「那又沒用。」考柏菲爾太太說，但話一出口她就被自己嚇了一跳。

「噢，你們吵架了嗎？」這位女子說。

「沒有。」

「那麼妳可是個小壞女人，這樣講妳丈夫。」她說，走開了。考柏菲爾太太垂頭喪氣地走回考柏菲爾先生旁邊站著。

「妳幹嘛跟那種蠢蛋講話？」他問。

她沒有回答。

「那麼，」他說，「看在老天份上，妳現在能不能看點風景？」

他們坐進了一輛計程車，考柏菲爾先生堅持要到市中心的一間旅館去。一般說來，即使只有一點小錢的旅客，都會去住在離柯隆幾哩遠處，可以看到海的華盛頓旅館。

「我不相信，」考柏菲爾先生對他太太說，「我不相信把錢花在一個我最多只能擁有一個禮拜的奢侈品上這種事，我覺得去買些也許能陪我一生的東西還比較好玩。我們一定能在市區找到一間舒適的旅館，之後就可以自由地把錢花在更有意思的東西上。」

「睡覺的房間對我來說非常重要。」考柏菲爾太太說，她幾乎悲鳴出聲。

「我親愛的，房間不過就是一個睡覺跟穿衣的地方。如果很安靜而床又舒服，哪還需要其他的東西？妳不這麼想嗎？」

「你知道我不這麼想。」

「如果妳會覺得不開心，我們就去華盛頓旅館。」考柏菲爾先生說。他突然失去了那股尊嚴，他的眼睛蒙上一層霧，噘起了嘴。「但我在那裡會很難受，我跟妳說。一定會天殺地無聊。」他就像個嬰兒，而考柏菲爾夫人只得去安撫他。他總有辦法讓考柏菲爾夫人覺得是她的責任。

「說到底，大部分都是花我的錢，」她對自己說，「這趟旅途的旅費大部分都是我付的。」然而，她卻無法靠提醒自己這點來獲取一點權威感。她完全被考柏菲爾先生所掌控，如同幾乎被她所認識的所有人掌控一樣。可是，有些夠了解她的人知道，她能夠不靠任何人而突然作出一些很激進而獨立的舉動。

她從計程車的車窗看出去，注意到她周圍的街上熱鬧非凡。人們——大部分是黑人和從各國來的軍人——跑進跑出，發出很大的吵雜聲，讓考柏菲爾夫人以為有什麼節日。

「這裡就像個時常被掠奪的城市。」她的丈夫說。

房屋們漆成亮色，而且樓上都有著很寬的陽台，由長長的木柱支撐著，為走在街上的人們形成了類似走廊的東西，屏蔽著他們。

「這些建築真是神來之筆，」考柏菲爾先生評論道，「如果得在頭上沒有任何東西的情況下走動，這些街道會多麼令人受不了。」

「不管怎樣，」考柏菲爾太太說，「讓我們趕快找間旅館進去吧。」

他們在紅燈區的正中心找到了一間旅館，而且也同意去五樓看看，經理向他們保證那些是最不吵雜的房間了。害怕搭電梯的考柏菲爾太太決定走樓梯上去，等她的丈夫把行李拿上來。爬到了五樓，她很驚訝地發現，主廳放了至少一百張的直背餐廳椅，除此之外別無他物。當她四處看的時候，怒氣也隨之升高，幾乎等不及考柏菲爾先生帶著行李坐電梯到上面來，好讓她告訴他對他的看法。「我一定要去華盛頓旅館。」她對自己說。

考柏菲爾先生終於到了，旁邊跟著一個拿著他們行李的男孩，她向他跑去。

「這是我見過最醜的地方了。」她說。

「請等一下，讓我算算行李有幾個，我想確定它們都在這。」

「在我看來，它們都可以丟到海底去，全都可以。」

「我的打字機呢？」考柏菲爾先生問道。

「立刻看著我說話。」他太太說，因為怒氣而失控。

「妳會在意是否有個人衛浴嗎？」考柏菲爾先生問。

「不，我不在意那些，這不是舒適與否的問題，是比那還重要的東西。」

考柏菲爾先生失笑了，「妳真瘋狂。」他用寵溺地口氣對她說。他很高興終於來到了熱帶，而且對於自己能夠說服太太不要去一個貴得要命又被觀光客包圍的地方住更感到滿意。他知道這間旅館很糟，但他就愛這樣。

他們跟著領路的男孩到了一個房間，一到了那兒考柏菲爾太太就開始把房門推進推出。那門兩邊都可以開，卻只靠一個小鉤子鎖起來。

「誰都能闖進這個房間。」考柏菲爾太太說。

「我敢說他們可以，但是不太可能，不是嗎？」考柏菲爾先生總是不安慰他的太太，而是給她適當的恐懼。但是，他沒有堅持，最後決定住在另一個門較堅固的房間。

*

考柏菲爾太太對她先生的活力感到相當吃驚：他洗了澡之後就出門去買椰子。她躺在床上思考。

「好吧，」她對自己說，「當人們還相信上帝時，他們從一處到另一處都帶著祂，從叢林到北極圈都這樣。神眷顧著每個人，而全部的人彼此都是兄弟。但現在，當妳從一處到另一處，已經沒什麼可帶了，而且就我所知，這裡的人可能根本就是袋鼠。然而在此地必定會有人能讓我想起些什麼……我必須試著在這個化外之地找到一個棲身之處才行。」

考柏菲爾太太人生的唯一目標就是要快樂，雖然觀察她的行為幾年的人們可能會很驚訝地發現，這的確就是全部的事實。

她從床上起身，從皮箱裡掏出戈林小姐送的禮物：一套指甲保養組。「回憶，」她低語道，「我從小就喜歡的事物的回憶。我先生是個沒有回憶的人。」她感到一陣劇烈的痛苦，當她想到這個她喜歡得勝過一切的人，把一切尚未經驗到的事物都當作是一種快樂。對她來說，所有還沒變成古老夢境的東西都是荒唐。她回到床上，沉沉睡去。

她醒來的時候，考柏菲爾先生正站在床尾附近，吃著一顆椰子。

「妳一定得嚐嚐這個，」他說，「不但給妳許多能量而且也很美味。要不要來一點？」他有點怯怯地看著她。

「你到哪裡去了？」她問他。

「噢，在街上走走。實際上，我走了好幾哩路。妳該出來的，真的。這裡真是個瘋人院，街上充滿了士兵、水手還有妓女。女人都穿著長洋裝……非常低俗的洋裝。所有的人都會跟妳講話。來吧，出來走走。」

*

他們挽著手走在街上。考柏菲爾夫人的額頭發燙，手則很冷，她感覺到胃的深處在顫抖。當她往前看的時候，街的盡頭似乎扭曲了一下，然後又伸直了。她把這個景象告訴考柏菲爾先生，他說這是因為他們才剛下船的緣故。在他們的頭頂上，小孩子在木製陽台上跳來跳去，讓屋子晃動不已。有個人撞了考柏菲爾太太的肩膀，在幾乎被撞倒在地的同時，她聞到強而濃郁的玫瑰花香水。跟她相撞的是個身穿粉紅色晚裝的黑人女子。

「我很抱歉，真是抱歉。」她對他們說，然後她稍微看了一下四周，開始哼起歌來。

「我就告訴你這是個瘋人院。」考柏菲爾先生對他太太說。

「聽著，」這個黑人女子說，「走到隔壁一條街去，妳會更喜歡。我和我的愛人約在那個酒吧見面。」她為他們指出方向。「那是間很漂亮的酒吧，每個人都去那裡。」她說。她走近了一些，然後只對著考柏菲爾太太說話，「跟我來，親愛的，妳會有從未有過的歡樂時光。我會教妳，來吧。」

她抓住考柏菲爾太太的手，開始把她拉離考柏菲爾先生，她比他們兩個都壯。

「我覺得她現在不想去酒吧，」考柏菲爾先生說，「我們想先看一下鎮上。」

這個黑人女子用手掌撫摸考柏菲爾太太的臉頰，「那是妳想做的事嗎？親愛的？還是妳想跟我走？」一名警察停下來，站在離他們不遠處。這個黑人女子放開了考柏菲爾太太的手，笑著走到了對街去。

「這豈不是太詭異了？」考柏菲爾太太摒息地說道。

「你們管好自己就得了。」那名警察說。「你們幹嘛不去看看那些店呢？每個人都走在有店的街上，去替你的叔叔還是表親買個東西吧。」

「不，那可不是我想做的事。」考柏菲爾太太說。

「那麼，就去看場電影算了。」警察說道，然後走開了。

考柏菲爾先生笑得快要岔氣，拿著手帕遮在嘴上，「我愛死這些了。」他好不容易講出話來。他們往更遠處走，轉下另一條街。太陽正往下降，空氣靜止而炎熱。這條街上沒有陽台，只有些小小的單層樓房屋，每扇門前都至少有一名女子坐著。考柏菲爾太太走近一個窗戶往裡瞧，裡面的房間幾乎被一張雙人床所佔滿，上面放著彈性極佳的床墊，還有蕾絲頂罩。一個薰衣草色燈罩下的燈泡閃耀著光芒照亮了床鋪，還有一把印著「巴拿馬市」的扇子在枕頭上攤開。

坐在這間特別的房子前面的是一位年紀頗大的女人。她坐在板凳上，雙肘支膝，正看向考柏菲爾太太。就後者看起來，她像是名西印地安人。她的胸部平坦，筋骨畢現，還有充滿肌肉的手臂與肩膀，此外，那長且看起來不太高興的臉和一部分的脖子則小心翼翼地撲了一層淡色的粉，而她的胸部與手臂則仍呈暗色。考柏菲爾太太對她那薰衣草色戲服式紗質洋裝感到相當有興趣，在她的頭髮上則有著引人注目的幾條灰紋。

那名黑人女子轉過身來，當她發現到考柏菲爾夫婦都在看著她時，她站起身來並撫平洋裝上的縐摺，身材幾乎是個女巨人。

「一塊錢讓你們兩個住一晚。」她說。

「一塊錢。」考柏菲爾太太跟著她重複一遍，本來站在路邊的考柏菲爾先生走近她們。

「佛瑞妲，」他說，「我們再去多走幾條街。」

「噢，求你！」考柏菲爾太太說。「等一等。」

「一塊錢已經是最低價了。」這名黑人女子說。

「如果妳想留在這裡，」考柏菲爾先生建議道，「我可以到附近走走，過一會兒再來接妳。也許妳身上該帶點錢，這裡有一塊錢三十五分，只是以防……」

「我想要跟她講講話。」考柏菲爾太太說，凝視著那空間。

「那麼，我待會兒來找妳，我還想走走。」考柏菲爾先生說道，然後走開了。

「我喜歡自由。」考柏菲爾太太在丈夫走後，對那名黑人女子說。「我們要不要去妳房間看看？我一直在窗口欣賞著它——」

她話還沒說完，這名女子就用雙手推她進門，一起進入了房間。地上沒有舖任何東西，牆也是空的，裡面僅有的裝置物就是她從窗戶裡所看到的。她們在床上坐下。

「我以前有一台小唱機放在那個角落，」那名女子說，「有個從船上下來的人把它借給我，之後他的朋友過來把它拿回去了。」

「第答答、第答答，」她說著，一面用腳跟打了一會兒拍子。她握住考柏菲爾太太的雙手，把她拉離床鋪。「來吧，甜心，」她把考柏菲爾太太擁向自己，「妳真是個小不點，而且甜得不得了。**妳的確很甜**，而且也許很寂寞。」考柏菲爾太太把臉頰靠在這名女子的胸前。這件戲服式紗質洋裝的味道令她想起自己第一次在學校上台演戲的時候。她抬頭對這名女子微笑，用她最溫柔平和的表情。

「妳下午都做些什麼？」她問這名女子。

「玩牌，看場電影……」

考柏菲爾太太退了開來，她的臉像火燄般通紅。她們一起聽著街上的人走動，現在可以聽得到窗外的人說的每個字。這名黑人女子皺起眉頭，看起來很憂心。

「時間就是金子，蜜糖，」她對考柏菲爾太太說，「但是也許你還太年輕，無法了解。」

考柏菲爾太太搖搖頭，她感到悲傷，看著這名黑人女子。「我口渴。」她說。突然她們聽到一個男人的聲音說道：

「妳沒料到我這麼快回來吧，珀蒂？」然後好幾個女孩咯咯地笑了，這名黑人女子的眼睛突然發亮。

「給我一塊錢！給我一塊錢！」她興奮地對考柏菲爾太太叫道，「反正妳已經在這裡待過了。」考柏菲爾太太急忙給了她一塊錢，之後這名女子就衝到街上去了，考柏菲爾太太跟著她。

在房子前面，幾個女孩圍著一名穿著發皺麻質西裝的肥碩男子，當他看到跟考柏菲爾太太在一起的那名身著薰衣草洋裝的黑人女子時，就離開了其他人過去擁抱她。這名黑人女子眉開眼笑地領著他進屋去，甚至沒跟考柏菲爾太太點頭說聲再見。沒一會兒其他人也走開了，只剩下考柏菲爾太太一個人。人們在她兩旁走過，但沒人引得起她的興趣。另一方面，她自己倒是吸引了每個人的注意，特別是那些坐在自家門前的女人們。很快就有一個頭髮毛燥的的女孩跟她攀談。

「買些東西給我吧，媽咪。」這個女孩說。

當考柏菲爾太太沒有回答，只是長長又悲傷地看著這女孩時，女孩說：

「媽咪，妳可以自己選給我，甚至可以買一片羽毛，無所謂。」考柏菲爾太太顫抖了一下，她覺得自己一定是在作夢。

「什麼意思，一片羽毛？什麼意思？」

這個女孩開心地擠上來。

「噢，媽咪，」她用一種喉嚨發出的破音說道，「噢，媽咪，妳真好玩！妳真是好玩。我不知道一片羽毛是什麼，但只要是妳真心想要的就好。」

她們走去街上一間商店，買了一小盒的脂粉出來。這個女孩道了聲再見後就跟幾個朋友消失在街角，考柏菲爾太太又再度落單。一群觀光客經過她身邊。「觀光客，一般來說，」考柏菲爾太太曾在她的日記上寫道，「是對自己生活方式的重要性跟不可動搖性如此地重視，以致於他們就算旅行到最不可思議的地方時，也僅僅能有一些視覺上的反應。更頑固的觀光客覺得一個地方跟另一個都很類似。」

很快地考柏菲爾先生回來找她。「剛才好玩嗎？」他問她。

她搖搖頭，抬頭看著他。突然間她覺得好累，就哭了出來。

「愛哭鬼。」考柏菲爾先生說。

有個人從他們後面接近。一個低沉的聲音說道：「她迷路了嗎？」他們轉身，看到一名身材勁瘦，看起來頗為聰慧的捲髮女孩就站在他們身後。

「如果我是你，就不會把她留在這條街上。」她說。

「她沒有迷路，只是沮喪。」考柏菲爾先生解釋道。

「如果我想請你們去個好餐廳一起用餐，會不會太過唐突？」這名女孩問，她非常美麗。

「那我們就走吧，」考柏菲爾太太熱誠地說，「還等什麼？」她現在激動了起來；她感覺這個女孩應該是不錯的。就像大多數人一樣，她不相信慘事會接二連三發生。

那個餐廳並不好，很暗又長而且都沒有人。

「妳要不要去其他的地方吃呢？」考柏菲爾太太問這個女孩。

「噢不！我絕不會去其他地方。如果你們不生氣我就說，只要我帶人來這裡用餐就可以得到一點錢。」

「那我給妳錢，讓我們去別的地方，他給妳什麼我也給。」考柏菲爾太太說。

「這樣做很傻，」那女孩說，「真的很傻。」

「我曾聽說城裡有個地方可以吃到很棒的龍蝦，難道我們不能去那兒？」考柏菲爾太太現在開始懇求這名女孩。

「不——這樣做很傻。」她叫了一名服務生過來，那人腋下夾了一些報紙。

「阿達伯托，給我們一些肉跟酒，肉先來。」她用西班牙話說。

「妳的英語講得真好！」考柏菲爾先生說。

「我總儘可能地跟美國人混在一起。」這名女孩說。

「妳覺得他們很大方嗎？」考柏菲爾先生問。

「噢，當然，」女孩說，「他們都很大方。有錢的時候他們很大方，跟家人一起的時候他們更大方。我曾經認識一個男人，美國人，真正的，住在華盛頓旅館，你知道那是世界上最美麗的旅館了。每天下午他太太都會午睡，他就很快地搭計程車到柯隆，然後他就會又激動又害怕無法及時趕回去，所以他從未帶我進到任何房間，而會帶我到商店裡然後對我說：『快點，快點——選點想要的東西——隨便什麼，但要快。』」

「太可怕了！」考柏菲爾太太說。

「糟透了，」這名西班牙女孩說，「當我瘋起來的時候我就會真的作些瘋狂事，我對他說：『好吧，我就幫我的叔叔買支煙斗。』我又不喜歡我的叔叔，卻還是得把東西給他。」

考柏菲爾先生捧腹大笑。

「很好笑吧，對不對？」這女孩說，「我告訴你們，若是他再回來，帶我去商店，我絕不再買煙斗給我叔叔了。她長得不醜嘛。」

「誰？」考柏菲爾先生問。

「你太太。」

「我今晚看起來很糟。」考柏菲爾太太說。

「反正妳結婚了，又沒關係。沒什麼好擔心的。」

「如果妳這樣跟她說，她會很生氣。」考柏菲爾先生說。

「她幹嘛生氣？這不是世界上最美的事情嗎？沒有需要擔憂的事情。」

「那並不是美的質素，」考柏菲爾太太插嘴道，「無須擔憂跟美有什麼關係？」

「那跟世界上所有美的事情都大有關係。當妳早上醒來，一睜開眼睛，尚不知自己是誰，或自己的生活是怎樣的——那是美的。而隨後當妳知道自己是誰，還有今天是妳生命中的哪一天，而妳仍然覺得像一隻快樂的鳥飛行在天空——那是美的。也就是，妳沒有任何憂心的事。別告訴我妳喜歡擔憂。」

考柏菲爾先生應付地笑了一下。晚餐後他突然覺得很累，建議大家回家，但是考柏菲爾太太過於神經緊繃，所以她問這名西班牙女子是否願意多花點時間陪伴她一下，女孩說如果考柏菲爾太太不介意到她住的旅館的話就可以。

她們跟考柏菲爾先生道別，然後自己上路。

帕瑪斯旅館的牆是木質的，漆成亮綠色。大廳裡有很多鳥籠從天花板上掛下來，有些是空的。女客住的房間在二樓，有著跟門廊一樣的亮色木牆。

「這些鳥整天都在唱歌。」女孩說道，示意考柏菲爾太太坐在她旁邊的床上。「有時候我對自己說：『這些小笨蛋，你們在籠子裡唱歌作甚？』然後我想到：『帕西菲卡，妳跟這些鳥一樣笨，妳也在一個籠子裡，因為妳沒錢。昨晚妳跟一個德國人陪笑了三個小時，只因為他給了妳一些酒喝。而且妳覺得他是個笨蛋。』我在我的籠子裡笑著，而牠們在牠們的籠子裡唱著。」

「可是，」考柏菲爾太太說，「我們跟鳥實際上是不一樣的。」

「妳不覺得我說的是真的？」帕西菲卡有感而發地問道。「我告訴妳這是真的。」

她把洋裝從頭上脫掉，穿著內衣站在考柏菲爾太太面前。

「告訴我，」她說，「妳覺得那些印度男人店裡賣的漂亮絲和服怎樣？如果我嫁個有錢的丈夫，我就會叫他給我在那裡買件和服。妳不知道自己有多幸運。我會每天跟他去那些店裡，要他給我買漂亮的東西，而不是到處跑然後像小孩子一樣哭泣。男人不喜歡看到女人哭，妳覺得他們喜歡看到女人哭嗎？」

考柏菲爾太太聳了聳肩，「我不覺得。」她說。

「妳說對了，他們喜歡看女人笑，女人得笑個一整晚。妳看看一些美麗的女孩，當她笑的時候，看起來老了十歲，因為她們笑得那麼多。當妳笑的時候會看起來老十歲。」

「沒錯。」考柏菲爾太太說。

「別覺得難過。」帕西菲卡說，「我很喜歡女人，有時候還甚過男人。我喜歡我祖母，我母親，還有我的姊妹們。我們家的女人們，大家在一起總是很快樂。我總是最棒的，我最聰明而且作最多事。現在我希望我還在那間屋子裡，覺得很滿足。但我還是想要太多東西了。我很懶但脾氣也很壞。我很喜歡我遇上的男人。有時候他們會告訴我，當他們離開船旅生涯後將來會作什麼，而我總是希望他們的願望能很快實現。那些該死的船。當他們跟我說只想坐船環遊世界度過一生，我告訴他們：『你不知道自己錯過了什麼，我跟你完了，小子。』當男人像那樣子的時候我就不喜歡。不過現在我愛上了一個在這裡做生意的好男人，大部分的時候他可以幫我付房租，但不是每週就是了。他很高興能有我，大多數男人都如此，我並不因此而驕傲，那是上帝的旨意。」帕西菲卡劃了個十字。

「我曾經愛上一個比我年長的女人，」考柏菲爾夫人熱切地說，「她已經不再美麗，但我在她臉上所發現的那些美的碎片，比起任何正在美的顛峰的事物還讓我感到激動。然而誰沒愛上過比自己年長的人啊？老天！」

「妳喜歡一些其他人不會去喜歡的東西，不是嗎？我也想喜歡上一個年紀較大的女人看看，應該很不錯，但我真的總是愛上些好男人。對我來說滿幸運的，我想。有些女孩，她們無法再談戀愛，只會想到錢、錢、錢。妳不會這麼在意錢，對不對？」她問考柏菲爾太太。

「對，我不會。」

「現在我們休息一下，好嗎？」這名女孩躺到床上，然後要考柏菲爾太太躺到她旁邊。她打了個哈欠，將考柏菲爾太太的手握在自己的手中，然後幾乎立刻就睡著了。考柏菲爾太太覺得或許自己也睡一下好了，在那一刻，她感到無比平靜。

她們被一陣可怕的敲門聲所吵醒。考柏菲爾太太張開眼睛，然後落入了極大的恐懼中。她看向帕西菲卡，她的臉看起來也沒有比她鎮定多少。

「Callate!」她對考柏菲爾太太耳語道，回復到自己的語言。

「什麼？什麼？」考柏菲爾太太厲聲說道，「我聽不懂西班牙話。」

「什麼都別說。」帕西菲卡用英語重複一遍。

「我沒辦法躺在這裡什麼都不說，我做不到。那到底是什麼？」

「一個愛上我的酒醉男人。我認識他，我們上床的時候他對我非常壞。現在他的船又回來了。」

敲門聲變得更加堅持，她們聽到一個男人的聲音說道：

「我知道妳在裡面，帕西菲卡，打開這該死的門。」

「噢，把門打開吧，帕西菲卡！」考柏菲爾太太哀求道，並從床上跳起來。「沒有比僵持在這裡更糟的了。」

「別發瘋了，或許他會喝得太醉而走開。」

考柏菲爾太太的眼睛亮得異常，她開始歇斯底里。

「不，不——我總是向自己保證，當某人想要闖進門的時候，我就會開門。那樣他比較沒那麼有敵意。他在外面待得越久，就會越生氣。當我打開門，第一句話就會說：『我們是你的朋友。』然後或許他就會比較不生氣了。」

「如果妳還要讓我更混亂的話我就真的不知道該怎麼辦了，」帕西菲卡說，「現在我們就在這裡等，看他會不會自己走掉。或許我們可以把這個小桌移過去擋住門，妳可以幫我用它頂住門嗎？」

「我沒辦法推任何東西！」考柏菲爾太太虛弱得沿著牆滑到地上。

「難道要我打破這該死的門嗎？」那個男人說。

考柏菲爾太太站起來，蹣跚地走到門邊，把它打開。

進門的男人臉頰瘦削，非常高，很明顯地喝多了。

「哈囉，梅耶，」帕西菲卡說，「你能不能讓我睡點覺？」她停了一下，當他沒有回答時，她又說了一次：「我正想睡個覺。」

「我想睡得很。」考柏菲爾太太說，她的聲音比平常高亢，她的臉也異常地發亮。「很抱歉我們一時沒有聽到你，我們一定讓你等了很久。」

「從沒人讓我久等。」梅耶說道，臉越來越紅。帕西菲卡的眼睛瞇了起來，她失去了耐性。

「滾出我的房間。」她對梅耶說。

梅耶橫倒到床上，以示回應這句話。他身體造成的衝擊幾乎要壓斷床板。

「我們趕快離開這裡。」考柏菲爾太太對帕西菲卡說。她已經完全無法保持平靜，有那麼一刻她希望這個敵人會突然崩潰哭出來，就像有時夢裡出現的情境，但現在她肯定這絕對不會發生。帕西菲卡越來越憤怒。

「聽著，梅耶，」她說，「你現在立刻滾回街上，因為如果你不走的話，我就只想揍你的鼻子。如果你不是這麼火爆的話，我們可以到樓下一起坐著喝杯萊姆酒。我有上百個男的朋友只為跟我講講話，就得坐著喝酒直到腿麻。但你卻總想騷擾我。你就像個猿人，而我想圖個清靜。」

「誰管妳的鬼房子！」梅耶對她怒聲大叫，「我可以把妳的房子排成一排然後把它們像鴨子一樣射穿。而且船要比房子好多了！什麼時候都一樣！不管刮風還是下雨，還是世界末日！」

「誰在跟你講房子啊？」帕西菲卡說，跺著腳，「而且我不想聽你這些笨話。」

「那妳幹嘛鎖門？如果妳不是像個喝著茶的公爵夫人一樣住在這房子裡，祈禱著我們沒一個人會上岸，妳就是怕我會弄髒家具或潑些什麼在地板上。我媽就有幢房子，但我卻總是睡在隔壁的屋子裡，我對房子就在意這麼多！」

「你誤會了。」考柏菲爾太太用顫抖的聲音說。她非常想溫和地提醒他這裡不是一幢房子，只是旅館中的一個房間而已。然而，她對此舉不只感到害怕，而且靦腆。

「老天爺，我覺得真噁心。」帕西菲卡對考柏菲爾太太說，絲毫沒有降低音量。

梅耶似乎一點也沒聽到這些，反而臉上堆著笑往床緣探出身，向帕西菲卡伸出一隻手臂。他想辦法抓到她內衣的邊緣，把她拉向自己。

「你休想！」帕西菲卡對他尖叫道，但他已經用手臂攫住她的腰，跪在床上，把她拉向他。

「管家的，」他笑著說，「我打賭若我帶妳到海上妳一定會吐，把船弄得一團糟。現在躺下來別講話。」

帕西菲卡陰沉地看了考柏菲爾太太一會兒，「那麼好吧，」她說，「先給我錢，因為我不信任你。我只會為了錢跟你睡。」

他用力打她的嘴巴，打破她的嘴唇。血開始流下她的臉頰。

考柏菲爾太太衝出房間，「我去找人幫忙，帕西菲卡。」她朝後頭喊道。她跑過廳堂，衝下樓梯，希望能找到某人讓她報告帕西菲卡的慘況，但她知道自己沒有勇氣去接近男人。到了一樓她撇見一位中年婦人在半開的門內編織東西，考柏菲爾太太衝進房間。

「你認識帕西菲卡嗎？」她喘著說道。

「我當然認識帕西菲卡。」這名女子說道，她說起話來像一名長年處在美國人當中的英國女人。「每個住在這裡超過兩晚的人我都認識，我可是這間旅館的老闆娘。」

「那好，趕快做些什麼吧。梅耶先生在她那裡，而且喝得很醉。」

「梅耶先生喝醉的時候我不會對他做任何事。」這名女子沉默了一陣子，然後對梅耶先生做些什麼的這個念頭觸動了她的幽默感，讓她笑了出來。「想像一下，」她說，「『梅耶先生，請問您可以離開這個房間嗎？**帕西菲卡**對你感到厭煩了。哈哈哈——帕西菲卡對你感到厭煩了。』請坐吧，小姐，鎮定下來。鱷梨旁邊的玻璃瓶裡有些琴酒，要不要喝一點？」

「我實在不習慣暴力。」考柏菲爾太太說道。她幫自己倒了些琴酒，然後重複說了一次她不習慣暴力。「我真懷疑自己是否撐得過今晚，那固執的男人，好像發瘋了一樣。」

「梅耶沒有瘋，」老闆娘說道，「有些人還更糟。他告訴我他很喜歡帕西菲卡。我一直都對他很尊重，而他也從沒給我惹麻煩。」

她們聽到隔壁樓層傳來尖叫聲，考柏菲爾太太認出帕西菲卡的聲音。

「噢，拜託，讓我們找警察來吧。」考柏菲爾太太懇求道。

「你瘋了嗎？」這名女子說。「帕西菲卡寧願雙腿被砍掉，也不會想跟警察扯上關係的，這點我可以向你擔保。」

「那麼，我們上去，」考柏菲爾太太說，「我願意做任何事。」

「坐好，……妳叫什麼名字？我是奎爾太太。」

「我是考柏菲爾太太。」

「那麼，聽我說，考柏菲爾太太，帕西菲卡可以把她自己照顧得很好，遠比我們去照顧她還好。越少人牽連到一件事，對大家越好。這是我在此立下的規則之一。」

「好吧，」考柏菲爾太太說，「但現在她可能已經被謀殺了。」

「人沒那麼容易跑去謀殺人的，他們打來打去的，但還不至於到謀殺的地步。我這裡曾住過幾個謀殺犯，但不多。我發現大部分的事情都會轉好的，雖然並不是全部。」

「我真希望可以像妳一樣輕鬆看待每件事情。我不懂妳怎能夠坐在這裡，也不懂帕西菲卡怎能夠歷經這些事情而不發瘋進入瘋人院。」

「那個啊，其實她對這種男人有很多經驗了。我不覺得她真的害怕，她比我們都要強悍多了，她只是覺得被騷擾到了。她喜歡有自己的房間，然後做自己喜歡的事情。我想有的時候女人不知道她們自己要什麼，妳會不會覺得或許她有點渴望梅耶？」

「她怎麼可能？我不了解妳的意思。」

「嗯，關於那個她說她愛上的男孩，我不認為她有愛上他。她總是有著一個接著一個像那樣的好傢伙，他們膜拜她走過的地面。我認為當梅耶不在的時候她覺得很忌妒又不安，所以她騙自己說更喜歡其他這些小男人們。而當梅耶回來的時候，她讓自己相信自己很氣他的干擾。嗯，我可能說對也可能說錯，不過我覺得是有點這樣的可能。」

「我覺得不可能，她不許他傷害她，嗯，在跟他上床之前。」

「她當然會，」奎爾太太說，「但我對這些事情不了解。不過帕西菲卡是個好女孩，也來自一個好家庭。」

考柏菲爾太太喝了口琴酒，享受那味道。

「她很快就會下來聊天的，」奎爾太太說，「這裡很溫暖宜人，她們都很享受自己的生活。她們聊天，喝酒，做愛，去野餐，看電影，有時候去跳舞，跳個整晚。……除非我想要，我從來不會孤獨……我如果想的話總是可以跟她們去跳舞。我有個隨時可帶我去跳舞地方的伴，而我也總能結交朋友。我愛這裡，我才不想為了幾隻猴子回家去。天氣有時候會熱，但大部分時候都是暖暖的，沒有人會匆匆忙忙。我對性沒興趣，而且睡得像個嬰兒。我也不會作夢，除非吃了一些讓胃不舒服的東西。當妳放縱自己的時候總得付出代價，我非常喜歡吃紐伯格的龍蝦，當我吃牠的時候我很清楚自己在幹嘛。我跟我的伴大約每個月去一次比爾葛瑞餐廳吃龍蝦。」

「繼續說。」考柏菲爾太太說，很享受這些閒聊。

「我們會點紐伯格的龍蝦，我跟妳說，牠是世界上最美味的東西了……」

「那妳覺得青蛙腿如何？」考柏菲爾太太問。

「我選紐伯格龍蝦。」

「妳聽起來這麼快樂，讓我覺得我該在這裡有個窩，就在這旅館。妳覺得怎樣？」

「妳想對自己的生命做什麼都好，這是我的座右銘。妳打算待多久？」

「噢，我不曉得，」考柏菲爾太太說，「妳覺得我在這裡會開心嗎？」

「噢，無盡的開心，」老闆娘說道，「跳舞、喝酒……所有這世界上的開心事。妳不太需要花什麼錢，妳知道。那些從船上下來的男人們都口袋飽飽的。我告訴妳這裡是上帝之城，或者是魔鬼的。」她大笑。

「無盡的開心。」她重複道。她有點艱難地從椅子上站起身，走到房間角落的一台箱形唱機旁，轉動把手啟動它之後，她開始撥放一支牛仔歌曲。

「每當妳的小小心靈想要的時候，」她跟考柏菲爾太太說，「妳總可以聽聽這個。這裡有棒針和唱片，而妳只需要轉轉妳的手。當我不在這裡的時候，妳可以坐在這個搖椅裡聽。我有些名歌手的唱片，像是蘇菲塔克（Sophie Tucker），和美國來的艾爾裘森（Al Jolson），而我覺得音樂是耳朵的美酒。」

「而且在這個房間裡讀書也會是件樂事——一面聽著唱機。」考柏菲爾太太說。

「讀書啊——妳可以讀個夠。」

她們坐了一會兒，聽著唱片，喝著些酒。過了大約一小時，奎爾太太看到帕西菲卡下樓來。「現在，」她對考柏菲爾太太說，「妳的朋友來了。」

帕西菲卡穿著一件小絲質洋裝和一雙臥室拖鞋。她小心地化了妝，還噴了香水。

「看梅耶買了什麼給我。」她說，向她們走去，然後給她們看一支非常大、錶盤塗鐳的手錶，她似乎心情很好。

「妳們在這裡聊天啊，」她說，慈藹地對她們微笑，「要不要我們三個一起出去街上走走，然後找點啤酒或什麼的來喝呢？」

「聽起來不錯。」考柏菲爾太太說，她開始有點擔心考柏菲爾先生，他討厭她無緣無故消失這麼久，會讓他有種不平衡感而且深深干擾到他的睡眠。她向自己保證會回房間一趟告訴他，她還要在外面待久一點，然而，一想到要接近那個旅館房間就讓她發抖。

「快點，女孩們。」帕西菲卡說。

她們回到帕西菲卡帶考柏菲爾夫婦吃晚餐的安靜餐廳，對面是一個燈火輝煌的大沙龍。那裡有個十人大樂隊在演奏，裡面擠得要命。跳舞的人群都湧到街上來了。

奎爾太太說，「天哪，帕西菲卡！還有其他地方可以讓妳好好度過今晚的時光，看看這些人是怎麼度過**他們的**時光的。」

「不，奎爾太太，」帕西菲卡說，「我們待在這裡很好，燈又不會太亮，而且比較安靜，然後我們就上床睡覺。」

「好吧。」奎爾太太說，臉垮了下來。考柏菲爾太太似乎在奎爾太太的眼裡看到了非常痛苦而挫折的表情。

「我明晚再去那兒，」奎爾太太輕輕地說，「這沒什麼。每天晚上都有人在跳舞，因為總是有船不斷地進港。這些女孩們也永遠不會累，」她對考柏菲爾太太說，「因為白天她們隨時都可以去睡覺，睡得像晚上一樣好。她們不會累，怎麼會呢？跳舞不會讓妳累，音樂會帶領妳。」

「別傻了，」帕西菲卡說，「她們總是累得很。」

「那麼，到底是怎樣呢？」考柏菲爾太太問道。

「噢，」奎爾太太說，「帕西菲卡總是去看生命中最黑暗的一面，她是我見過最悲觀的人了。」

「我沒有去看黑暗面，我看到真實面。妳有時候實在糊塗，奎爾太太。」

「別這樣跟我講話，尤其是妳知道我多愛妳。」奎爾太太說，她的嘴唇開始顫抖。

「對不起，奎爾太太。」帕西菲卡鄭重地說。

「帕西菲卡有很可愛的地方，」考柏菲爾太太想道，「我相信她對每個人都是認真以對。」

她把帕西菲卡的手牽在自己手裡。

「再過一下子我們就會有好喝的東西了，」她說，對帕西菲卡微笑著，「妳不開心嗎？」

「是的，有東西喝會很好。」帕西菲卡禮貌地說；但是奎爾太太了解話中隱含的快樂，她揉揉她的雙手然後說，「我會跟妳在一起。」

考柏菲爾太太探頭望向街上，看到梅耶走過。他跟兩個金髮女子和一些水手們在一起。

「梅耶在那裡。」她說，身邊的兩個女人望向對街，看著他消失。

＊

考柏菲爾夫婦到巴拿馬市兩天了，第一天午餐過後考柏菲爾先生提議往市郊走走看，每到一個新地方他都會先這麼做。考柏菲爾太太非常討厭知道自己周圍有些什麼，因為結果總是比她所害怕的還要來得奇怪。

他們走了許久，街道開始讓人感覺都差不多。一下子他們走在緩升坡上，一下子他們又陡降到一個靠海的泥地區。在熾熱的陽光下，那些石頭屋看起來毫無色彩。所有的窗戶都被燒烤著，每一處看起來都沒什麼生氣。他們遇到三個光著身體在爭奪一顆足球的男孩，然後走下山坡往海水處行去。一名穿著黑色絲質衣服的女子慢慢朝著他們接近，當他們與她擦身而過時，她毫不掩飾地轉身瞪著他們。他們回頭看了好幾次，而她都一直站在那裡看他們。

潮水已經退了，他們在泥濘的海灘上行走。在他們身後有一幢建在低矮岩壁前的巨大石造旅館，此時它已經處在陰影中了，泥台地與海水則仍然在陽光下。他們一直走，直到考柏菲爾先生發現一個很大的平頂岩石，讓他們可以坐下。

「這裡真是漂亮。」他說。

一隻螃蟹從他們腳旁的泥地橫行而過。

「噢，看！」考柏菲爾先生說，「牠們是不是很可愛？」

「是很可愛。」考柏菲爾太太說，但當她看著周圍的景象時，她無法壓抑一股漸升的恐懼感。有人在旅館的門牆上用綠色的字畫了**瑟維沙**（Cerveza）——啤酒的字樣。

考柏菲爾先生把褲管捲起，問她是否願意跟他一起赤腳走到海水邊。

「我想我已經走得夠遠了。」她回答道。

「妳累了嗎？」他問她。

「噢，不，我不累。」她回答時臉上有著痛苦的表情，使得他問她到底怎麼了。

「我覺得不快樂。」她說。

「又這樣？」考柏菲爾先生問，「這次是為了什麼不快樂？」

「我覺得迷失，離家好遠，而且很害怕。」

「這有什麼好怕的？」

「我不知道，一切都那麼奇怪，而且跟任何事都關聯不起來。」

「這跟巴拿馬有關聯，」考柏菲爾先生酸酸地指出，「難道妳連這個都不了解？」他停了一下。「我不認為我還想再試著讓妳理解……但我要走到海水邊。妳毀了我的興致，沒人能跟妳一起去做任何事情。」他的嘴噘起來。

「是的，我知道。我是說去海水邊，我想我畢竟還是累了。」她看著他在小石頭間躑躅前行，伸出雙臂平衡自己，像個走鋼索的人，她希望自己能夠跟他走在一起，因為她是那麼喜歡他。她開始感到有些疲累。風很強，而在離海岸不遠處，有一些小帆船快速地航行而過。她把頭往後仰，閉上眼睛，希望自己能夠疲累到下去加入她丈夫。但是風吹得不夠強，而且在她閉上的眼皮下，她仍能看到帕西菲卡跟奎爾太太站在帕瑪斯旅館前。她坐在租來載她去車站的老式馬車內向她們道別。考柏菲爾先生喜歡走路，而她則獨自與兩個朋友在一起。帕西菲卡穿著考柏菲爾太太買給她的亮麗和服，和一雙裝飾著絨毛球的拖鞋。她站在旅館的牆邊橫眉豎眼，抱怨自己只穿著和服上街，但考柏菲爾太太只有一點時間跟她們道別，而且她不願下車。

「帕西菲卡，還有奎爾太太，」她對她們說，從車廂探出身，「妳們無法想像我多麼害怕離開妳們，即使只有兩天。我真不知道該如何捱過。」

「聽著，考柏菲爾，」奎爾太太這麼回答，「妳給我去巴拿馬市好好玩個夠，連一分鐘都別想到我們，聽見沒有？我的天，如果我還夠年輕到能跟我老公一起去巴拿馬市，我臉上的表情一定跟妳現在大不相同。」

「跟自己的丈夫一起去巴拿馬市根本不算什麼，」帕西菲卡堅持道，「那不表示她就快樂。每個人想做的事情不一樣，或許考柏菲爾更喜歡釣魚或買衣服。」她於是感謝地向帕西菲卡微笑。

「唔，」奎爾太太有點無力地回嘴，「我可以肯定妳一定會快樂的，帕西菲卡，如果妳跟妳丈夫一起去巴拿馬市的話……那裡真是美麗。」

「那又如何，她連巴黎都去過了。」帕西菲卡回答道。

「總之，答應我在我回來的時候妳們都還在，」考柏菲爾太太懇求道，「我好怕妳們突然不見。」

「別給自己編這些離譜的故事了，親愛的，生活已經夠困難了。我們還能上哪去？」帕西菲卡對她說，打著呵欠開始往裡走。然後她在門口送了一個飛吻給考柏菲爾太太，揮了揮手。

「讓她們有段美好的時光，」她說，聲音讓她們都能聽見，張開眼睛，「因為她們是一對良伴。」

考柏菲爾先生正走回她坐的地方，手裡拿著一個材質紋理奇特的石頭。他面帶微笑地走向她。

「看，」他說，「這是不是顆有趣的石頭？它真的很漂亮。我想妳會想看看，所以我把它帶來給妳。」考柏菲爾太太檢視了一下石頭然後說，「噢，它美麗又好奇特，真是謝謝。」她看著它躺在自己的手掌中。當她檢視它的時候，考柏菲爾先生壓著她的肩膀說，「看那大浪在水上翻捲，看到了嗎？」他輕輕地扭轉她的脖子好讓她看向正確的方向。

「看到了，它也很棒……我想我們該走回去了，很快就會天黑的。」

他們離開了海灘，開始再度穿過街上。天色有些暗了，但是現在有比較多的人站在外面，他們公然對考柏菲爾夫婦品頭論足。

「這真是最棒的一天了，」考柏菲爾先生說，「妳一定有享受到一點吧，因為我們看了那麼些不可思議的東西。」考柏菲爾太太把他的手越捏越用力。

「我沒法像你一樣健步如飛，」她對他說，「你得原諒我，我沒辦法這麼輕鬆自如地移動。到了三十三歲，我有些習性了。」

「那真是糟，」他回答道，「當然，我自己也有些習性——吃的習性、睡的習性、工作的習性——不過我想妳說的不是這個，是嗎？」

「我們別談這個了，那不是我想說的，不是。」

*

第二天考柏菲爾先生建議他們何不出去看看叢林，考柏菲爾太太說他們沒有適當的裝備。他解釋不是說要進叢林裡探險，只是到有步道的外圍地區走走。

「別讓『叢林』這個字眼嚇到妳，」他說，「它指的就只是熱帶的森林而已。」

「如果我不想去就是不會去，與那無關。今晚我們會回柯隆對吧？」

「唔，或許我們會太累而得在這兒多待上一晚。」

「但我已經跟帕西菲卡和奎爾太太說我們今晚就會回去了，如果沒有回去她們會很失望的。」

「妳不是真的在意**她們**的感受吧？……畢竟，佛瑞妲！反正，我不覺得她們會介意，她們會了解的。」

「噢，不，她們不會的，」考柏菲爾太太回答道，「她們會很失望。我告訴她們我午夜前會回去，然後我們會出去慶祝。我肯定奎爾太太會很失望的，她很愛慶祝的。」

「這個奎爾太太是誰？」

「奎爾太太……奎爾太太跟帕西菲卡啊。」

「是，我知道，但這太小題大作了。我以為妳應該不會想跟她們相處超過一晚，我想很快妳就可以摸清楚她們是什麼樣的人。」

「噢，我知道她們是怎樣的人，但我跟她們在一起很快樂。」考柏菲爾先生沒有回答。

他們出門，穿過街道，到達一處有巴士行經的地方。他們詢問了時刻表，然後上了一部名叫**雪爾立寺**（Shirley Temple）的車。在車門的內側有米奇老鼠的畫像，而司機在他頭上的擋風玻璃則貼了聖人與聖母瑪莉亞的明信片。當他們登上巴士的時候，司機正喝著一罐可口可樂。

「¿En que barco vinieron?」司機問。

「Venimos de Colon,」考柏菲爾先生說道。

「你們在說什麼？」考柏菲爾太太問他。

「他問我們坐什麼船來，我跟他說我們剛從柯隆過來。妳知道，大部分人都是剛從船上下來的。就像在其他的地方，妳會問別人他們住哪裡。」

「J'adore Colon, c'est tellement...」考柏菲爾太太開始說。考柏菲爾先生看起來很窘，「別跟他說法文，那沒什麼意義，跟他說英語。」

「我喜歡柯隆。」

司機做了個鬼臉，「骯髒的木頭城。我想妳犯了個大錯，妳會明白的。妳會更喜歡巴拿馬市，有更多的商店，更多醫院，很棒的劇院，大又乾淨的餐廳，很棒的石造房子；巴拿馬市是個大地方。等我們經過安孔（Ancon）的時候我會讓妳看到草地有多棒，還有路樹跟人行道，在柯隆妳可沒法讓我看到這些。妳知道誰會喜歡柯隆？」他往椅背後頭探身，而因為他們就坐在他後方的位子上，他的呼吸直直噴在他們臉上。

「你知道誰會喜歡柯隆？」他朝考柏菲爾先生眨眨眼，「她們滿街都是，那邊就是這樣，沒什麼別的。我們這邊也有那些，但是在其他區，如果你喜歡的話你可以去，我們這邊什麼都有。」

「你指的是妓女們？」考柏菲爾太太用非常清晰的聲音問道。

「Las putas.」考柏菲爾先生用西班牙文向司機解釋。他很高興話題可以轉開，而且還怕司機沒聽懂他的意思。

司機用手摀住嘴巴，開始笑。

「她喜歡得很。」考柏菲爾先生說，推了他太太一把。

「不——不，」司機說，「不可能吧。」

「她們對我很好。」

「**很好！**」司機說，幾乎在大叫，「她們的好大概這麼點大。」他用拇指跟手指畫了個小圈圈。「不，才不是好——妳被騙了。他可曉得。」他把手放在考柏菲爾先生的腿上。

「恐怕我什麼都不曉得。」考柏菲爾先生說道。司機再度對他眨眨眼，然後說，「她以為她了解las... 我可不講那個字，但她可從沒見過她們。」

「但是我有，我甚至跟其中一個睡了一下午覺。」

「**午覺！**」這個司機笑得前仰後合，「請別說笑了，女士，那可不太好。」他突然顯得很清醒。「不，不，不。」他悲傷地搖搖頭。

此時巴士已經坐滿了人，而司機得開車了。每次車一停下，他就回頭對考柏菲爾太太搖搖手指。他們穿過安孔，經過了一些蓋在低矮山丘上的長排屋子。

「醫院，」他為了考柏菲爾夫婦大喊道，「他們有治療各種疑難雜症的醫師。軍隊去都免費，他們在那裡吃飽喝足，療養到好，完全免費，有些老兵後來就終生住在那裡。我真想變成美國士兵而不用再開這髒巴士。」

「我可不想像個軍人被管得死死的。」考柏菲爾先生有感而發地說。

「他們永遠有晚餐吃，有撞球打。打撞球、吃晚餐。」司機評論道。從巴士後方傳來一些耳語聲，女人們都很想知道巴士司機說了些什麼，一個會說英語的人用西班牙文快速地向其他人解釋，然後她們全都笑了足足五分鐘。巴士司機開始唱《在那裡》（*Over There*）*，而笑聲達到了瘋狂的程度。他們現在幾乎到了鄉下，沿著一條河流行駛。在河的對面有一條很新的路，路後方是一片非常茂密的森林。

「噢，看，」考柏菲爾先生說，手指向森林，「妳看出不一樣的地方了嗎？妳看到樹有多高大，氣根纏得多密嗎？從這裡就可以看得出來了，北方的森林沒有這麼茂密的。」

「對，沒有。」考柏菲爾太太說。

巴士終於在一個小小的碼頭停住了，車上現在只剩下三個女人跟考柏菲爾夫婦。考柏菲爾太太看著她們，希望她們也是要去叢林的。

考柏菲爾先生下了巴士，而她不情願地跟著。巴士司機已經站在街上抽菸，他站在考柏菲爾先生旁邊，期待他會展開另一段對話。但是考柏菲爾先生對於能夠離叢林這麼近感到非常刺激，無暇想其他的事。那三個女人沒有下車，留在座位上講話。考柏菲爾太太回頭看巴士，臉上帶著十分懊惱的表情瞪著她們。她宛如在說，「請妳們出來，好嗎？」她們有點不好意思，然後又開始咯咯笑了。

考柏菲爾太太走過去對司機說，「這是最後一站了嗎？」

「對。」他說。

「那她們呢?」

「誰?」他說，看起來不明所以。

「在後座的三位女士。」

「她們來坐車，她們是很好的女士們，這也不是她們第一次坐我的車了。」

「就來回坐?」

「當然啊。」司機說。

考柏菲爾先生牽起考柏菲爾太太的手，領她走向碼頭。一艘小渡船往他們接近，船上似乎一個人也沒有。

突然間考柏菲爾太太對她先生說，「我實在不想去叢林，昨天是個奇怪而可怕的一天，如果我再經歷那樣的一天，我的狀況一定會糟透了，請讓我回巴士去吧。」

「但是，」考柏菲爾先生說，「妳大老遠跑來這裡，就這麼回去我覺得實在是很傻又沒道理。我保證叢林對妳來說一定會有趣的，我以前到過那兒，妳會看到形狀最奇特的葉子跟花，而且

*喬治・M・科漢(George M. Cohan)的*Over There*是第一次世界大戰美國著名的愛國歌曲歌。這首歌的曲子是根據召集部隊上前線的軍號聲改編而成，廣受大眾歡迎。科漢因譜寫該歌曲獲得國會榮譽獎章。

我也肯定妳會聽到美妙的聲音。有些熱帶的鳥兒聲音就像木琴，有些則像鈴聲一樣。」

「我以為當我到這裡的時候，或許會覺得受到啟發、會有想出發的渴望，但我一點也沒有。讓我們別再討論這個了。」

「好吧。」考柏菲爾先生說。他看起來悲傷而寂寞，他非常喜歡讓其他人看看他自己最喜歡的東西。他起步走向水邊，向河對岸遙望。他很瘦，而且頭型非常美。

「噢！請不要難過！」考柏菲爾太太說，快步跑向他。「我不許你難過，我覺得自己好像個暴君，像個兇手，但是若我在河那邊的叢林一定會讓你發瘋。只要你一到那邊就會開心的，而且沒有我的話你還可以走得更深入。」

「但是我親愛的——我不在意……我只希望你能安全地坐公車回到住處。天知道我什麼時候才會回到家。我也許會決定到處轉轉……而在巴拿馬妳不喜歡自己一個人。」

「那麼，」考柏菲爾太太說，「我搭火車回柯隆呢？那是趟簡單的旅途，而我只有一個小袋子。今晚你若早回來的話就可以跟上我，若晚的話，你就明天早上回來，反正我們本來就計畫明天回去。但是你要保證絕對會來。」

「這好複雜，」考柏菲爾先生說，「我還以為我們會在叢林渡過美好的一天。我會明天回去，我的行李都在那，所以我不會不回去。再見。」他把手伸給她。渡船碰撞著碼頭。

「聽著，」她說，「如果今晚十二點你還沒回來，我就會在帕瑪斯旅館過夜。我會在十二點打電話給我們的旅館，看你是否在，萬一我出去的話。」

「我到明天才會回去。」

「那我若不在我們的旅館就會在帕瑪斯旅館。」

「好吧，但是要小心，睡點覺。」

「好，我當然會的。」

他上了船，船離開了碼頭。

「希望他這天沒被我給毀了。」她對自己說。她對他所有的溫柔此刻幾乎滿溢，她回到巴士上直直地凝視窗外，因為她不想讓任何人看到她在流淚。

＊

考柏菲爾太太直奔帕瑪斯旅館。當她從馬車上下來的時候，看到帕西菲卡獨自向她走來。她付了車錢，向她衝去。

「帕西菲卡，我好高興看到妳！」

帕西菲卡的額頭起了疹子，看起來頗疲累。

「喔，考柏菲爾啊，」她說，「奎爾太太跟我以為再也不會看到妳了，沒想到妳還真跑回來。」

「但是，帕西菲卡，妳怎能這麼說呢？妳們兩個真讓我驚訝。我不是向妳們保證過我會在午夜前回來，然後去慶祝一番嗎？」

「有啊，但是人們常說這種話。畢竟，若他們沒回來，也沒有人會生氣。」

「我們去跟奎爾太太打聲招呼吧。」

「好吧，但她一整天脾氣都很可怕，一直哭，又不吃東西。」

「這到底是怎麼回事？」

「我猜想，她跟她男友吵了一架。他並不喜歡她，我跟她說了但她卻不聽。」

「但是她告訴我的第一件事情就是她對性沒興趣。」

「她對於上床是不怎麼在意，但她卻非常多愁善感，好像她才十六歲。看到一個老女人這樣出醜真讓我感到難過。」

帕西菲卡還穿著她的臥房拖鞋。她們走過吧台，那裡坐滿了抽著雪茄和喝著酒的男人。

「老天！他們一下子就讓這裡臭得要命，」帕西菲卡說，「真希望我可以離開這裡，然後在某處擁有一棟有花園的小房子。」

「我要住在這裡，帕西菲卡，然後我們可以一起玩得很開心。」

「歡樂時光已經結束了。」帕西菲卡陰鬱地說。

「等我們去喝一杯以後妳就會覺得好多了。」考柏菲爾太太說。

她們敲敲奎爾太太的房門。

她們聽到她在房裡移動跟啪啦啪啦地翻弄紙張的聲音。然後她來到門前把門打開。考柏菲爾太太注意到她看起來比平常虛弱。

「進來吧，」她對她們說，「雖然我沒什麼可招待的，但妳們可以坐一會兒。」

帕西菲卡頂了考柏菲爾太太一下，奎爾太太回到她的椅子上，拿起放在手邊桌上的一疊帳單。

「我必須看看這些，很抱歉，但它們實在很重要。」

帕西菲卡轉頭向考柏菲爾太太輕聲說話。

「她根本看不見它們，因為她沒戴眼鏡。她的行為就像個小孩，現在她會對我們生氣，因為她所謂的男朋友放她自己一個人。我可不願意一直像隻狗般被對待。」

奎爾太太聽到了帕西菲卡的話，漲紅了臉。她轉向考柏菲爾太太。

「妳還想要來這間旅館住下嗎？」她問她。

「是的，」考柏菲爾太太興奮地說，「除了這裡我哪也不想住，就算妳們會斥責我。」

「這裡對妳來說恐怕不夠舒服。」

「別對考柏菲爾發脾氣，」帕西菲卡插嘴，「首先，她有兩天不在，二來，她可不像我一樣知道妳是怎樣的人。」

「如果妳能夠閉上妳那再平常不過的小嘴，我會謝天謝地。」奎爾太太反擊回去，快速地翻弄著帳單。

「很抱歉打擾了妳，奎爾太太。」帕西菲卡說，站起身來走向門口。

「我又沒有對考柏菲爾大叫，我只是說我不覺得這裡對她來說會夠舒服。」奎爾太太把帳單放下，「妳想她在這裡會覺得舒服嗎，帕西菲卡？」

「一個再平常不過的小東西可不了解這些問題。」帕西菲卡回答道，然後離開了房間，留下考柏菲爾太太跟奎爾太太一起。

奎爾太太從梳妝檯最頂上拿了一些鑰匙出來，示意考柏菲爾太太跟著她。她們走過一些穿堂，上了一排階梯，然後奎爾太太打開了一個房間的門。

「這靠近帕西菲卡的房間嗎？」考柏菲爾太太問道。

奎爾太太沒有回答，帶她回到穿堂，停在帕西菲卡的房間附近。

「這裡比較貴，」奎爾太太說，「但靠近帕西菲卡的房間——如果妳想這樣，而且可以忍受那噪音的話。」

「什麼噪音?」

「她早上一起床就會開始大聲抱怨，四處丟東西。這對她來說根本沒什麼。她很悍，而且沒有半點腦筋。」

「奎爾太太——」

「嗯?」

「妳可以叫人帶瓶琴酒到我的房間嗎?」

「我想沒問題……那麼，希望妳住得舒服。」奎爾太太起步離開，「我會叫人把妳的行李帶上來。」她回頭說道。

考柏菲爾太太對事情現在的轉變感到相當地驚訝。

「我以為，」考柏菲爾太太對自己說，「她們會永遠維持原來的樣子，現在我必須有耐心地等待，直到事情再度變好。我活得越久，越難以預料任何事。」她躺上床，把膝蓋縮上來，用手握住自己的腳踝。

「要快樂……要快樂……要快樂。」她唱道，在床上來回搖動。門上傳來一聲敲擊，然後一個穿著手織毛衣的男子沒有等待回應就走進了房間。

「妳要了一瓶琴酒？」他說。

「我的確有——好耶！」

「還有一個手提箱，我把它放在這兒。」

考柏菲爾太太給了他小費，然後他就離開了。

「現在，」她說，跳下床，「就來點琴酒，把我的麻煩趕走吧。沒有比這更好的方法了，到了一個程度，琴酒就會把所有負擔都帶走，讓妳像個嬰兒一樣搖搖晃晃，今晚我想要變成一個小嬰兒。」她喝了一大杯，然後又一杯，第三杯她喝得比較慢。

她窗戶上的褐色遮陽板是開著的，一縷微風將炸油的氣味帶進房間內。她走到窗前，往下面的巷子看。巷子把帕瑪斯旅館跟一群小屋分隔開來。

一個老婦人坐在巷子內的一張椅子上，吃著她的晚餐。

「全部吃光吧！」考柏菲爾太太說，老婦人作夢般地往上看，但沒有回答。

考柏菲爾太太把手蓋在心上，「le bonheur,」她低語道，「le bonheur... 這是多麼快樂如天使的一刻——而且，不用掙扎著獲得內在的平靜是多棒的一件事！我知道我應該能夠享受一些快樂時光的，管它的。我的朋友中已沒有人在談個人特質了——而我們最關心的，毋庸置疑地，就是找出我們到底像什麼。」

「考柏菲爾！」帕西菲卡衝進房間，她的頭髮一團糟，而且氣喘吁吁，「下樓來好好玩一玩。也許他們不像妳想在一起的那種男人，但如果妳不喜歡他們，只要走人就好。在妳臉上撲點粉。我可以喝點妳的琴酒嗎？」

「但是剛才妳不是說歡樂時光已經結束了嗎？」

「管它去！」

「無論如何管它去，」考柏菲爾太太說，「這對每隻耳朵來說都是仙樂……如果妳能夠讓我永遠停止思考有多好，帕西菲卡。」

「妳不會想停止思考的。妳越能思考，妳就越比其他的人好。感謝妳的上帝讓妳能夠思考。」

在樓下的吧台，考柏菲爾太太被介紹給三、四個男人。

「這個人是婁。」帕西菲卡說，同時從吧台下方拉出一張高腳椅，在他旁邊坐下。婁身材矮小而年過四十，穿著一身太緊的輕質灰色西裝和一件藍色襯衫，戴著草帽。

「她想停止思考。」帕西菲卡對婁說。

「誰想停止思考？」婁問。

「考柏菲爾，那個坐在高腳椅上的小女孩，你這大笨蛋。」

「妳才是笨蛋，妳越來越像那些紐約女孩了。」妻說。

「帶我去Nueva York，帶我去Nueva York*。」帕西菲卡說，在高腳椅上又扭又跳。

考柏菲爾太太看到帕西菲卡這種撒嬌的行為嚇了一跳。

「記得肚臍。」妻對帕西菲卡說。

「肚臍！肚臍！」帕西菲卡高舉雙手，開心地尖叫著。

「肚臍怎麼了？」考柏菲爾太太問道。

「妳不覺得這是兩個世界上最滑稽的字了嗎？肚臍——肚臍——在西班牙語裡只有一個字ombligo.」

「我可不覺得有東西是那麼滑稽的，但妳喜歡笑，那就笑個夠吧。」妻說，他一點也沒有要跟考柏菲爾太太說話的意思。

考柏菲爾太太拉拉他的袖子，「你來自哪裡？」她問他。

「匹茲堡。」

「我對匹茲堡一點也不了解。」考柏菲爾太太說，但妻已經把眼光轉到帕西菲卡的方向了。

「肚臍。」他突然面不改色地說，但這次帕西菲卡沒有笑，她好像沒有聽到他講話。她站上了吧台杆，亢奮而傲慢地揮舞著手臂。

「嘿，嘿，」她說，「我發現還沒有人請考柏菲爾喝酒呢，我是跟成年男人還是跟小男孩在一起啊？不行，不行……帕西菲卡會找其他的朋友。」她開始爬下吧台，命令考柏菲爾太太跟著她，同時她用手肘打掉了坐在她旁邊的男人的帽子。

「托比，」她對他說，「你真該感到羞恥。」托比有張愛睡的胖臉跟斷掉的鼻樑，穿著厚重的深褐色西裝。

「什麼？妳要一杯酒嗎？」

「我當然要一杯酒。」帕西菲卡的眼睛閃動著。

每個人都有了一杯酒，然後她回到自己的高腳椅上。「現在，來吧，」她說，「我們來唱什麼好呢？」

「我是音痴。」婁說。

「唱歌可不是我的風格。」托比說。

大家都非常驚訝地看到，考柏菲爾太太像被一陣突如其來的疲憊感佔據了一般地突然把頭往後倒，開始唱歌。

---

*西班牙文的紐約。

誰在乎天空是否想要落入海中
誰在乎楊克斯市（Yonkers）的哪家銀行倒了
只要得到征服妳心的吻
人生就是一場長長的慶典
只要我在乎你
只要你在乎我

「好，不錯……再來一首。」帕西菲卡用清脆的音調說道。
「妳在俱樂部演唱過嗎？」婁問考柏菲爾太太，她的臉頰很紅。
「事實上，並沒有。但當我有這個心情的時候，我常會坐在餐廳裡很大聲地唱歌，引來大家注意。」
「上次我來柯隆的時候妳還不是帕西菲卡的好友。」
「我親愛的男人，我那時不在這，大概在巴黎吧。」
「她沒告訴我妳去過巴黎，妳是唬人的還是真的去過巴黎？」
「我去過巴黎……畢竟，更奇怪的事情也發生過。」

「那妳是在幻想？」

「你說幻想是什麼意思？」

「幻想就是幻想。」

「如果你想要故作神秘，那是你的權利，但是『幻想』這個字對我不具任何意義。」

「嘿，」斐對帕西菲卡說，「她想對我擺架子嗎？」

「不，她非常聰明，不像你。」

這是第一次，考柏菲爾太太感覺到帕西菲卡在為她感到驕傲。她了解到帕西菲卡一直在等著要把她秀給朋友們看，而她不確定自己是否對此感到高興。斐再次轉向考柏菲爾太太。

「很抱歉，女伯爵，帕西菲卡說妳有點料而我不應該跟妳說話。」

考伯菲爾太太覺得斐很無趣，所以她跳下椅子來，站到托比跟帕西菲卡中間。托比正用厚重而低沉的聲音跟帕西菲卡說話。

「我跟妳說，若是她找個歌手來，把這裡裝潢一下，她可以在這酒吧大賺一票。誰都知道這是個好地段，但卻沒有音樂。妳在這裡，又有很多朋友，妳有門路的……」

「托比，我不想弄來音樂跟一大群朋友，我很安……」

「是喔，妳是安靜。這一週妳很安靜，也許下週妳就不想這麼安靜了。」

「我不會那樣改變想法的，托比。我有個男朋友，我不會在此久住的。」

「但妳現在住在這裡。」

「對。」

「那麼，妳會想賺點錢，我告訴妳，有點錢的話我們就可以把這酒吧弄得好點。」

「但我幹嘛一定要在這裡？」

「因為妳有門路。」

「我沒見過這樣的男人，老是一直在談生意。」

「妳自己也是個不賴的生意人，我看到妳為妳的同伴張羅到了一杯酒，真有一套，不是嗎？」

帕西菲卡用腳跟踹了托比一下。

「聽著，帕西菲卡，我是想玩樂一番，但我發現沒有比美麗的現金還令人喜愛的東西。」

「你就別這麼忙碌了。」帕西菲卡把他的帽子從頭上推落，他知道已經沒什麼好談的了，嘆了口氣。

「艾瑪最近怎樣？」他懶懶地問她。

「艾瑪？我從在船上那晚後就再沒見過她了，她穿起水手裝看起來真亮麗。」

「女人穿起男人的服裝總是看起來很棒。」考伯菲爾太太熱切地插嘴道。

「那是妳認為的。」托比說，「我覺得她們穿百褶裙比較好看。」

「她只是說她們**有一下子**會看起來不錯。」帕西菲卡說。

「我不覺得。」托比說。

「好吧，托比，或許你不覺得，但她覺得她們那樣看起來不錯。」

「我還是認為我是對的。這不只是觀點上不同的問題。」

「可是，你也無法用數學證明它啊。」考伯菲爾太太說道。托比看著她，臉上完全不為所動。

「那麼艾瑪怎麼樣？」帕西菲卡說，「你難道不會終究對某人有點興趣？」

「妳要我講些生意以外的事，所以我跟妳談談艾瑪，表示我也有社交的一面。我們都認識她，我們一起參加了一個宴會。這麼做不是沒錯？艾瑪怎麼樣？妳媽媽跟爸爸怎麼樣，那是妳喜歡的話題。然後我告訴妳我家人過得如何，或者講個我們都不記得曾經認識過的傢伙，然後我們說物價在上漲，革命要來了，然後我們都開始吃草莓。物價上漲得很快，所以我才要妳投資些現金到這個地方。」

「我的天！」帕西菲卡說，「我的生活已經夠艱難了，而且我獨自一人，可是我仍能像個年輕女孩一樣及時行樂。而**你**，你已是個老人了。」

「妳的生活可以不用這麼艱難的，帕西菲卡。」

「但你的生活仍舊很艱難，而且你總會想讓它變得輕鬆些。這是生活中最難的部分，即便對你也是。」

「我只想偷個閒。用我的腦筋再加一點時間，我的生活可以有一夜比較輕鬆點。」

「然後你會怎麼辦？」

「繼續這樣或讓它更加輕鬆些，我會很忙。」

「你不會有餘暇作任何閒事的。」

「像我這樣的人需要什麼餘暇？去種鬱金香嗎？」

「你不喜歡跟我聊天，托比。」

「我當然喜歡，妳和善、可愛而且有個好腦筋，除了一些騙人的歪主意之外。」

「那我呢？我也和善而可愛嗎？」考伯菲爾太太問道。

「當然，妳們都和善而可愛。」

「考伯菲爾，我想我們剛剛被侮辱了。」帕西菲卡說，站起身來。

考伯菲爾太太開始用一種嘲弄的生氣狀跨步走出房間，但是帕西菲卡已經又想到別的主意了，考伯菲爾太太因而發現自己處在一個尷尬的位置，像是個突然失去觀眾的演員，於是又回到吧台。

「聽著，」帕西菲卡說，「去樓上敲奎爾太太的門，告訴她托比先生非常想見她。別說是帕西菲卡要妳來的，反正她會知道，不說破對她會比較容易些。她會很想下樓來的，我瞭解她，就像她是我媽一樣。」

「噢，我很願意去，帕西菲卡。」考伯菲爾太太說，跑出了房間。

當考伯菲爾太太來到奎爾太太的房間時，奎爾太太正忙著清理梳妝台最上層的抽屜。她的房間很安靜，而且很熱。

「我從來沒想到要把這些東西丟掉。」奎爾太太說，轉身輕撫她的頭髮。「我想妳已經見過半個柯隆了。」她悲傷地說道，研究著考伯菲爾太太泛紅的臉。

「不，我還沒，但妳想不想要下樓去，見見托比先生呢？」

「我親愛的，托比先生是誰啊？」

「噢，請去吧，請為了我去吧。」

「好的，親愛的，如果妳能坐下來等我換上好點的衣服。」

考伯菲爾太太坐下來，她的頭暈暈的。奎爾太太從衣櫃裡找出了一件黑色絲質長洋裝，她把它由頭上套下，然後從珠寶盒中選了幾條黑色珠鍊跟一個頭像胸針。她小心地在臉上撲粉，還在頭髮上插了更多支髮夾。

「我想洗澡是不用了。」當她弄完頭髮後說道，「現在，妳真的認為我應該見這位托比先生，還是等到其他晚上比較好？」

考伯菲爾太太握住奎爾太太的手，把她拉出房間。奎爾太太非常優雅地進入了酒吧間，她已經將未婚夫所帶給她的傷痛變成了正面的力量。

「現在，親愛的，」她悄悄地跟考伯菲爾太太說，「告訴我托比先生在哪裡。」

「那邊那個人，坐在帕西菲卡旁邊。」考伯菲爾太太遲疑地說，她害怕萬一奎爾太太會覺得他完全不具吸引力而離開房間。

「我知道了，那位壯碩的紳士。」

「妳討厭胖的人嗎？」

「我不會用身體來評斷人。即使當我是個年輕女孩的時候，也會因為男人的心智而喜歡他們。現在我已到中年，知道當初是正確的。」

「我一直是身體的崇拜者，」考伯菲爾太太說，「但那不表示我會愛上有著美麗身體的人，有些我喜歡的身體是很可怖的。來吧，我們去找托比先生。」

托比為奎爾太太站起身來，脫下帽子。

「來跟我們一起坐下，喝一杯。」

「先讓我熟悉一下這地方吧，年輕人，讓我熟悉一下這地方。」

「這間酒吧是妳的，對嗎？」托比說，看起來有些擔心。

「是的，對。」奎爾太太沒什麼表情地說，她瞪著帕西菲卡的頭頂。「帕西菲卡，」她說，「妳別喝太多，我得幫妳注意著。」

「妳別擔心，奎爾太太。我已經自己照顧自己很久了。」她轉向妻，認真地說，「十五年了。」帕西菲卡非常自然，表現得彷彿她跟奎爾太太之間沒出過任何事。考伯菲爾太太情感泉湧，她用手臂環住奎爾太太的腰，緊緊地擁抱她。

「噢，」她說，「噢，妳讓我好開心！」

托比微笑了。「這女孩感覺正好呢，奎爾太太。現在妳不來杯酒嗎？」

「好的，我想要一杯琴酒。這些女孩們這麼年輕就遠離家園，真讓我心痛。我有自己的屋子，跟母親、姊妹兄弟同住，直到二十六歲。即便如此，當我結婚的時候，仍然感覺像隻害怕的兔子，好像我是要出去面對整個世界。然而奎爾先生就如同是我的家人一樣，直到他死的時候，我才真正獨自去面對世界。那時我三十歲了，而且比任何時候都更像隻害怕的兔子。帕西菲卡獨自面對世界的時間其實比我更久，妳知道，她就像個老船長。當她跟我說一些她的經歷時，我覺得自己傻透了，我的眼珠子都快掉出來。年齡並不與經驗成正比。上帝免除了我許多祂沒免除帕西菲卡的考驗，她什麼都經歷了。然而，她卻不會像我這麼緊張兮兮的。」

「可是，作為一個有那麼多經驗的人，她可不太知道如何照顧自己。」托比說，「當她見到一件好東西的時候卻辨認不出來。」

「是的，我想你是對的。」奎爾太太說，開始對托比展現興趣。

「我當然是對的。但她在巴拿馬有一大票朋友，不是嗎？」

「我敢說帕西菲卡有不少朋友。」奎爾太太說。

「拜託，妳知道她有很多朋友的，不是嗎？」

奎爾太太看起來有點被他聲音中的逼迫語調嚇到，托比覺得自己有點太急了。

「反正誰在乎呢？」他說的同時從眼角窺看。這招似乎對奎爾太太有挺好的效果，托比釋出一口氣。

考伯菲爾太太走到角落的一張長凳處，躺了下來。她閉上眼睛然後微笑了。

「那對她最好，」奎爾太太對托比說，「她是個好女人，一個親愛貼心的女人，而且她喝得有點多了。帕西菲卡可以如她自己所說地照顧自己，我看過她喝下跟男人一樣多的酒。但她不一樣，就像我說的，她在這個世界有許多的經驗。而考伯菲爾太太跟我，我們則得更小心照顧自己，或者是找個好男人來照顧我們。」

「是啊。」托比說，在他的高腳椅上轉身。「酒保，再來一杯琴酒。妳要一杯，對不對？」他問奎爾太太。

「好，如果你能幫我看著的話。」

「我當然會，如果妳醉倒了，我甚至會抱妳回家。」

「噢，不，」奎爾太太咯咯笑著，臉紅了。「你可不會想那麼做，年輕人，我很重，你知道。」

「嗯……假使——」

「嗯？」

「妳介不介意告訴我一些事？」

「你想知道什麼？我都會很願意告訴你。」

「為什麼妳從沒想到要整修這裡？」

「噢，你說是不是很糟？我總是向自己保證我會，但卻總是沒去做。」

「沒錢？」托比問，奎爾太太看起來有點猶豫。「妳不夠錢整修這裡？」他重複道。

「噢，不，我當然有。」奎爾太太環視酒吧。「我甚至有些東西在樓上，一直想要拿來掛在這裡的牆上。這裡每件東西都很髒，是不是？我覺得好丟臉。」

「不，不，」托比不耐煩地說，他現在活力十足。「我完全不是這個意思。」

奎爾太太甜蜜地向他微笑。

「聽著，」托比說，「我這輩子都在經營餐廳、酒吧和俱樂部等，我能讓它們生意興隆。」

「我確信你可以。」

「我跟妳說我能的。聽著，我們出去吧，去我們能真正談事情的地方。只要妳講出城內的任何一個地方，我都會帶妳去。對我來說值得，對妳更值得，妳會明白的。我們可以再多喝點，或吃點東西。聽著——」他抓著奎爾太太的上臂。「妳願意去華盛頓旅館嗎？」

一開始奎爾太太沒有回應，但當她了解他在說什麼的時候，她回答說她非常願意，聲音因情緒而顫抖。托比跳下高腳椅，把帽子往頭上一戴，開始走出酒吧，邊走邊回頭說，「那就來吧。」他看起來很激動但堅決。

奎爾太太拉起帕西菲卡的手，告訴她自己要去華盛頓旅館。

「如果有任何可能讓我能夠帶妳同行的話，我會的，帕西菲卡。沒有妳而自己去，我覺得很難過。但我不曉得妳有什麼辦法可以去，對嗎？」

「妳就別擔心這個了，奎爾太太。我在這裡玩得正開心呢。」帕西菲卡用一種真誠的聲調說。

「那是個下了魔咒的地方。」婁說。

「噢，不，」帕西菲卡說，「那裡很不錯，非常漂亮。她會度過一段美好時光的。」帕西菲卡擰了婁一把，「你根本不懂。」她對他說。

奎爾太太慢慢地走出酒吧，到人行道上加入托比。他們上了一台馬車，向旅館出發。

托比沒有說話，他在座位上伸展四肢，點燃一支雪茄。

「真遺憾發明了汽車。」奎爾太太說。

「如果沒有，妳要從一個地方到另一個地方就會被搞瘋了。」

「噢，不，我總是喜歡慢慢來，沒有什麼事情是不能等的。」

「那是妳認為。」托比用一種肯定的聲調說，感覺到這是一件他必須跟奎爾太太對抗的事。

「就是那多出來的一秒鐘讓『戰士』或其他的馬匹先馳得點。」他說。

「可是，生命並不是一場賽馬。」

「在現代，生命就是如此。」

「不過，對我可不是。」奎爾太太說。

托比覺得很反感。

通往華盛頓旅館側廊的步道排列著非洲棗椰樹，旅館本身非常壯觀。他們從馬車上下來，托比站在樹葉交織的步道中央，望向旅館。旅館的燈全部亮著，奎爾太太站在托比旁邊。

「我打賭他們一定用酒淹沒妳，」托比說，「我打賭他們一定有百分之二百的利潤。」

「噢，拜託，」奎爾太太說，「如果你覺得負擔不起，我們就叫台馬車回去吧，反正兜風就已經很令人愉快了。」她的心跳得很快。

「別當個天殺的呆子！」托比對她說，然後他們走向旅館。

一樓的地板是仿黃色大理石，在一個販售口香糖、風景明信片、地圖跟紀念品的角落，有個雜誌架。奎爾太太覺得自己好像剛從一艘船上下來，她繞著圈徘徊，但托比直直走向在雜誌架後方的男人，問他哪裡可以喝杯酒。他建議托比可以到外面的露臺。

「大家一般都去那兒。」他說。

他們坐在位在露臺邊緣的桌子，有非常好的視野，能看到延伸的海岸及海洋。在他們桌子中間放著一盞玫瑰花色燈罩的小檯燈。托比立刻開始轉弄著燈罩，他的雪茄現在已經燒得很短，而且非常濕。

在露臺四處聚集著一小群一小群的人們，低聲交談著。

「靜得要死！」托比說。

「噢，我覺得很不錯啊。」奎爾太太說。風一直吹著她的肩膀，讓她有點顫抖，而且這裡比柯隆冷多了。

一位侍者站在他們旁邊，手拿一枝鉛筆，懸在空中，等待他們點東西。

「妳想要什麼？」托比問。

「你會推薦什麼呢？年輕人？真正好喝的？」奎爾太太說，轉向侍者。

「華盛頓旅館特調水果酒。」侍者突兀地說。

「聽起來**真不錯**。」

「好，」托比說，「來一杯，再給我一杯純威士忌。」

當奎爾太太喝了好些杯子裡的酒時，托比對她說，「所以妳有錢，卻從來沒想到要整修那地方？」

「嗯——！」奎爾太太說，「他們把世界上每一種水果都放在這酒裡了。恐怕我有點太孩子氣，但沒人比我更喜歡這世上美好的東西了。當然，我從來也不缺這些，你知道。」

「以妳現在所過的生活來說，妳可不會說那有什麼美好吧？」托比說。

「我可比你所想像的過得好，你怎會知道我是怎麼過生活的？」

「依我看，妳可以活得更有格調些，」托比說，「而且這很容易就可以辦到，我是指那地方很容易就可以變得更好。」

「或許是很容易，對不對？」

「是啊。」托比等著看她是否會自動多說點，而不用他繼續問。

「就拿在這裡的人們來說好了，」奎爾太太說，「其實人沒有很多，但是他們會全部聚在一起而不是三兩成對。只要他們都住在這美麗的旅館，他們就會穿著舞會禮服，每分每秒都享受著美好時光，而不是從露臺眺望或看著書。他們會一直都從頭到腳穿著華麗，一起嬉笑，而不是穿著那些平庸的服裝。」

「他們也會換上運動服，」托比說，「他們不會想去為穿著傷腦筋，他們應該是來這裡放鬆的。他們可能是生意人，或許是某個俱樂部的人，他們也得休息放鬆。當他們在家的時候，有那麼多場合得去裝樣子。」

「可是，我可不會花那麼多錢只為了放鬆，我會乾脆留在家就好了。」

「那沒什麼差別，他們有的是錢。」

「這可是真的，是不是很悲哀？」

「我不覺得有什麼悲哀的，對我來說悲哀的是，」托比說，往前傾身，把雪茄在煙灰缸捻熄，「對我來說悲哀的是，妳有個酒吧跟旅館在那，卻沒有用它賺到該賺的錢。」

「是啊，很可怕對不對？」

「我喜歡妳，而我不喜歡看到妳錯過該得的。」他有些溫柔地執起她的手，「現在，我知道該如何處理妳的地方了。就像我之前跟妳說過的，妳記得我之前說的嗎？」

「你告訴了我好多事情。」

「我會再告訴妳一次。我一輩子都在跟餐廳、酒吧、旅館打交道，讓它們上軌道。我可是在說，讓它們上軌道。如果我現在有那筆錢的話，如果我現在不是手頭緊，因為我得幫我的兄弟跟他的家人度過難關，我會在妳來不及眨眼前就自己掏腰包，砸錢到妳的地方然後整修它。我知道馬上就可以回本了，所以這可不會變成慈善事業。」

「當然不會。」奎爾太太說，她的頭左搖右晃，用氤氳的眼睛看著托比。

「不過，我得等到十月份才會有錢，那時會有個大合約進來，一個連鎖店合約。我現在可以動用一點錢，但那不是重點。」

「不必解釋了，托比。」奎爾太太說。

「什麼意思？不用解釋了？我剛剛說的妳沒興趣嗎？」

「托比，我對你說的每一個字都很有興趣，但你實在不必擔心酒的事情，你的朋友佛蘿拉．奎爾告訴你不用擔心。我們出來是要享受的，老天為證我們要享受，不是嗎？托比？」

「是啊，但請讓我解釋給妳聽。我認為妳不整修那地方的原因，或許是因為妳不知道該從哪裡開始，妳瞭解嗎？妳不知道方法。現在，我知道如何去找樂團、木匠，還有侍者，便宜的。我全部都知道怎麼做，只要給個名字，一堆人會想來的，即使是現在，因為他們可以直接從樓上的酒吧下來。帕西菲卡可是非常有用，因為城裡的每個傢伙她都認識，而且他們喜歡她，也信任她。問題在於，妳有沒有營造氣氛。沒有燈光，不能跳舞，地方不夠漂亮又不夠大，人們會先去別的地方，晚了要上床睡覺前才過來妳這裡。如果我是妳，我在墳墓裡都會氣到翻身。都是其他人得到好處，妳只得到一點點，就像骨頭邊剩下的一點肉。知道嗎？」

「最接近骨頭的肉是最甜美的。」奎爾太太說。

「嘿！我說的話妳到底有沒有在聽？還是妳在耍我？我是認真的。好，妳在銀行裡有存款，妳在銀行裡有存款吧？」

「是的，我在銀行有存款。」奎爾太太說。

「好的，那麼，妳讓我幫妳整修那地方，我會幫妳打理一切，妳只需要坐著等著享受成果就好。」

「胡說。」奎爾太太說。

「拜託，」托比說，開始生氣了，「我又不是無條件做的，我只需要一點股份在妳的店裡，和一些現金來周轉一下。我可以便宜又快速地做好，甚至可以幫妳經營，讓它不會比現在讓妳更費心多少。」

「但是我覺得那裡很好，托比，我覺得那裡真的很好。」

「妳不必告訴我那裡好，我知道那裡很好，它不止很好，是棒，是神奇。我們沒有時間可以浪費了。再來一杯。」

「好，好。」

「我已經把最後一分錢花在妳身上了。」他沒有顧忌地說。

奎爾太太現在已經喝醉了，她只是點點頭。

「值得的。」他坐回椅子上，研究著蒼芎。他的腦子裡正忙於計算。「妳覺得我在那地方應該擁有多少股權？別忘了我將花上一年為妳處理這件事。」

「噢，天哪，」奎爾太太說，「我確定我完全沒概念。」她向他幸福地微笑。

「好吧，妳可以先給我多少？好讓我可以待在這裡直到把那地方整頓好？」

「我不知道。」

「好吧，我們這麼做。」托比小心地說，他還不確定自己是否走了正確的一步。「我們這麼做，我不想讓妳做超出負荷的事，我想跟妳一起做這筆生意。告訴我妳在銀行有多少錢，然後我會算出整修地方要花多少錢，還有我覺得最少該給我多少。如果妳沒多少錢的話，我不會讓妳破產。妳對我誠實，而我也對妳誠實。」

「托比，」奎爾太太認真地說，「你不認為我是個誠實的女人？」

「講什麼鬼話，」托比說，「如果我不認為妳是，我會提出那樣的建議嗎？」

「不，我想你不會。」奎爾太太悲傷地說。

「妳有多少？」托比問，專注地看著她。

「什麼？」奎爾太太問。

「妳在銀行有多少錢？」

「我給你看，托比，我立刻給你看。」她開始在她的大黑色皮面筆記本裡翻弄。

托比緊繃住下頷，眼光避開奎爾太太的臉。

「真亂——真亂——真亂，」奎爾太太說，「我把所有東西都放在這筆記本裡了，而不是廚房的爐子裡。」

托比的眼中有一種非常穩定的神情，他先看著水，然後是那些棕櫚樹。他認為自己已經贏了，而他開始懷疑這是否真是件好事。

「我啊，」奎爾太太說，「我活得真像個吉普賽人，銀行裡只有二十二塊五角，但卻不在乎。」

托比從她手中搶過本子。當他看到結算總和是二十二塊五角，他站起來，一手捏著餐巾，另一手捏著帽子，走出了露臺。

托比如此突兀地離開了桌子之後，奎爾太太對自己感到無比羞愧。

「他是這麼地反感，」她決定道，「以致於他甚至無法不看到我就覺得想吐。因為他覺得我怪透了，身上只有二十二塊五角，卻還是像隻雲雀般快樂。唉呀，唉呀，我想我還是開始多擔一點心比較好。當他回來的時候我會告訴他我已經煥然一新了。」

這會兒除了為奎爾太太服務的侍者之外，大家都已經離開了露臺。他將雙手放在背後站著，瞪著正前方。

「坐下來一會兒跟我說說話，」奎爾太太跟他說，「在這個黑暗的老露臺上我很孤獨。這真是個美麗的露臺。你可以告訴我些自己的事情，你銀行裡有多少錢？我知道你覺得我還沒跟你熟到可問這個，但我真的很想知道。」

「沒什麼不能說的，」侍者回答道，「我在銀行有大約三百五十塊。」他沒有坐下。

「你從哪裡得到的？」奎爾太太問。

「從我叔叔那兒。」

「我想你應該覺得挺有安全感的。」

「不會。」

奎爾太太開始懷疑托比到底會不會回來。她把雙手交疊在一起，問年輕的侍者是否曉得跟她坐在一起的那位男士去了哪。

「回家了吧，我猜。」侍者說。

「噢，讓我們看一下大廳吧。」奎爾太太緊張地說，她示意侍者跟著她。

他們進到大廳，一起搜尋賓客的臉孔。他們或成群站著，或者沿著牆坐在扶手椅上。比起奎爾太太跟托比剛到達的時候，整個旅館現在看起來活絡多了。當奎爾太太確定找不到托比的時候，她非常地困惑而且感到受傷。

「我想我還是回家去，讓你休息吧，」她心不在焉地對侍者說，「但是我得先買點東西給帕西菲卡……」她有點顫抖，但是想到帕西菲卡讓她充滿了確定感。

「即使只有一分鐘，獨自在這個世界上還是這麼地惡劣，可怕，卑劣的事情。」她對侍者說。「跟我一起來幫我選點東西吧，不是什麼重要的，只是這個旅館的紀念。」

「它們全都差不多，」侍者不情願地跟著她，「一堆廢物。我不知道妳的朋友想要什麼，或許妳可以買本有**巴拿馬**字樣的小書給她。」

「不，我想要特別有這間旅館名字在上頭的東西。」

「可是，」侍者說，「大部分的人來這裡不是想買那樣的東西。」

「噢，老天——老天，」奎爾太太斷然地說，「難道我永遠都得聽別人怎麼做嗎？我真是受夠了。」她往雜誌攤跨步前去，告訴收銀台後面的年輕男子：「現在，我想要找一件有**華盛頓旅**

館字樣的東西，給一位女性。」

這名男子找了一遍他的貨品，然後拿出一條手帕放在櫃臺上，手帕的角落畫了兩棵棕櫚樹，還有一行字：**巴拿馬紀念**。

「但大部分人較喜歡這個。」他說，從櫃臺底下拉出一頂巨大的草帽放在自己的頭頂上。

「妳看，它的遮陽力就像雨傘一樣，而且非常地合適。」

「而那條手帕，」年輕男子繼續說道，「妳知道大部分人覺得它有些——」

「小伙子，」奎爾太太說，「我很清楚地告訴你，我想要一個上面有著**華盛頓旅館**字樣的禮品，或者再加張旅館的圖片。」

「但是，女士，沒有人想要那種東西。人們不想要在紀念品上有旅館的圖片。可以是棕櫚樹、夕陽，或有時甚至是橋，但可不是旅館。」

「你到底有沒有上面有華盛頓旅館的東西？」奎爾太太說，提高了音量。

售貨員開始生氣了，「我**的確**有，」他說，他的眼睛在閃爍，「如果妳可以等一下，女士。」

他打開一個小門，走出來到大廳。他很快地回來，手裡拿著一個沈重的黑色煙灰缸。他把它放在奎爾太太面前的櫃臺上。旅館的名字以黃色的字體印在煙灰缸的正中央。

「這東西還合您意嗎？」售貨員問。

「咦?是的,」奎爾太太說,「沒問題。」

「好的,女士,一共五十分。」

「那才不值五十分。」侍者對奎爾太太小聲說。

奎爾太太翻遍了皮包;她只有二十五分的零錢,連一張整鈔都沒有。

「聽著,」她對這名年輕男子說,「我是帕瑪斯旅館的老闆娘,我會把正面寫有我地址的銀行存摺給你看。你能不能相信我這一次,讓我拿走這個煙灰缸呢?我是跟一位男士來這裡的,但我們吵了一架,所以他先回家了。」

「我沒辦法,女士。」售貨員說。

在此同時,一名從大廳另一個角落看著雜誌攤前這群人的副理,決定是該插手的時候了。他覺得奎爾太太非常地可疑,因為就他而言,即使是從遠處看來,她也跟大廳的其他人一點都不配。他同時也在納悶,是什麼事情讓一個侍者在雜誌攤前站這麼久。他走向他們,盡可能地讓自己看起來認真而深思熟慮。

「這是我的存摺。」奎爾太太正在跟售貨員說。

侍者看到副理走近,嚇壞了,立刻用她跟托比一起消費的帳單推著奎爾太太。

「妳還欠露臺區六塊錢。」他對奎爾太太說。

「他沒付帳嗎？」她說，「我想他當時情況一定很糟。」

「我可以幫什麼忙嗎？」副理問奎爾太太。

「當然可以，」她說，「我是帕瑪斯旅館的老闆娘。」

「很抱歉，」副理說，「但我不太清楚有這麼一個帕瑪斯旅館。」

「事情是這樣的，」奎爾太太說，「我身上沒有帶錢。我是跟一位男士來這裡的，我們吵了一架，但我身上有存款簿，可以向你證明只要明天銀行一開，我就可以去銀行領出足夠的錢來給你。我沒辦法簽支票給你，因為那家銀行只能存提款。」

「很抱歉，」副理說，「但我們只讓住宿本旅館的房客賒帳。」

「我在我的旅館也這麼做，」奎爾太太說，「除非是什麼不尋常的東西。」

「我們有規定賒帳的人絕對——」

「我想把這個煙灰缸帶回家給我的女性朋友，她很喜歡你們的旅館。」

「那個煙灰缸是華盛頓旅館的財產。」副理說，對售貨員嚴厲地皺眉，售貨員趕快回答說，「她想要有**華盛頓旅館**字樣的東西，但我沒有，所以我想可以把這個賣給她——用五十分的價格。」他加上這句，對副理眨眨眼。副理站得越來越直。

「這些煙灰缸，」他重複道，「是華盛頓旅館的財產。我們只有有限的存貨，而每個放在外面的煙灰缸都在使用中。」

售貨員不想跟這個煙灰缸再有任何關係——除非他想丟工作，所以就把煙灰缸拿去放回原處，重新站回他在櫃臺後的位子。

「請問您想要手帕還是草帽？」他問奎爾太太，好像什麼事情都沒發生過。

「她已經有足夠的帽子跟手帕了，」奎爾太太說，「我想我還是回家好了。」

「可以請妳跟我到櫃臺解決帳單的事嗎？」副理問道。

「可是，如果你能等到明天——」

「恐怕這完全違反了旅館的規定，女士。請妳跟我往這邊走。」他轉向侍者，後者正專心地聆聽著這段對話。「Te necesitan afuera.」他對她說，「走吧。」

侍者開口想要說些什麼，但他決定還是不要，慢慢地向露臺走了開去。奎爾太太開始哭泣。

「等一下，」她說，從袋子裡拿出一條手帕，「等一下——我想打電話給我朋友帕西菲卡。」

副理指出電話間的方向，她快跑過去，臉埋在手帕裡。十五分鐘後她回來，比之前哭得還厲害。

「考伯菲爾太太會過來接我——我告訴她事情經過。我想我得坐下來等。」

「考伯菲爾太太能夠幫你把帳單付清嗎？」

「我不知道。」奎爾太太說，從他身旁走開。

「妳是說妳不知道她是否可以幫妳付帳？」

「可以，可以，她會幫我付帳。請讓我在那裡坐下。」

副理點了一下頭。奎爾太太跌坐進一把扶手椅，旁邊有著一棵很高的棕櫚樹。她用手帕遮著臉，繼續哭著。

二十分鐘後，考伯菲爾太太到了。雖然非常熱，她還是戴了一頂專門為了正式場合而買的銀狐毛帽。

雖然她滿頭大汗又一身不搭，但她確定自己會因為那頂狐皮帽而得到旅館員工些許的尊重。她不久前才醒來，而且還有一點醉。她衝到奎爾太太身邊，親吻她的頭頂。

「惹妳哭的男人在哪裡？」她問道。

奎爾太太用沾滿淚水的眼睛環視四周，向副理指了指。考伯菲爾太太用食指召喚他過來。他走到她們旁邊，她問他哪裡可以找到些花給奎爾太太。

「當妳心裡不舒服或者是身體不適的時候，沒有什麼東西比得上一束花的。」她對他說。「她正承受著可怕的壓力，你能否找些花來？」她問，從皮包裡拿出一張二十元的鈔票。

「本旅館裡沒有花店。」副理說。

「這樣可不太豪華。」考伯菲爾太太說。

他沒有回答。

「那麼，」她繼續說，「第二件能做的就是給她一杯好喝的東西。我建議我們都到吧台去。」

副理退下。

「不過，」考伯菲爾太太說，「我堅持你要跟我們一起去，我有些話要跟你說，因為我認為你糟透了。」

副理瞪著她。

「你最糟糕的地方是，」考伯菲爾太太繼續說，「你現在知道你的帳有人會付了，還跟之前一樣一副不高興的樣子。你之前惡劣又不安，現在也一樣惡劣而不安。你臉上的表情絲毫沒有改變。對好消息跟壞消息的反應都差不多的男人很危險。」

既然他無意接口，她繼續說道：「你不止毫無理由地讓奎爾太太傷心無比，更壞了我的樂趣。你甚至不知道怎麼讓有錢人高興。」副理揚起了一邊眉頭。

「你不會懂的，但是我就是要告訴你。我來此有兩個理由。第一個，自然地，就是要來解救我的朋友奎爾太太；第二個理由，是要來看看，當你曉得一張你以為絕不會被付清的帳單被付了的時候，你臉上的表情。我想要看到那種變化，你知道的——當敵人變成朋友的時候——

那總是非常令人興奮。也就是為什麼在一齣好電影裡，男主角總是會恨女主角，直到最後一刻。但是你呢，當然，可不會想要委屈自己。你覺得，當發現到一個你本來確定絕不會有錢出現的地方卻冒出錢來，就因此讓自己變成一個友善的人類，這樣做會是很低俗的。你覺得有錢人在意這些嗎？他們對此可是貪得無厭。他們希望自己也因為有錢而被喜愛，而不只是因為他們本身。你甚至不是一個夠格的旅館經理。從各方面來說，你都是個鄉巴佬。」

副理帶著怒意往下看著考伯菲爾太太上仰的臉。他恨她的犀利身型和高嗓音，覺得她比奎爾太太還要討厭。他本來就不喜歡女人。

「你一點想像力都沒有，」她說，「**什麼都沒有**！你什麼都缺少。我要到哪裡付帳？」

在回家的一路上，考伯菲爾太太都很難過，因為奎爾太太一派衿持而疏遠，而且並未如她所期待的表達滿懷感謝之意。

＊

隔天一大早，考伯菲爾太太跟帕西菲卡一起在帕西菲卡的臥房裡，天色正開始轉亮。考伯菲爾太太沒看帕西菲卡喝得這麼醉過。她的頭髮往頭上推擠，看起有點像頂太小的假髮。她的瞳孔很大而且有點迷濛，格子裙正面則有塊很大的黑漬，呼吸帶著強烈的威士忌味。她蹒跚地走到窗戶處往外看。房間裡很暗，考伯菲爾太太幾乎分辨不出帕西菲卡裙子上的紅色跟紫色格子。她完全看不到她的腿，陰影是這麼的深，但她知道她穿著厚厚的黃色絲質襪子跟白色球鞋。

「真是可愛。」考伯菲爾太太說。

「這真美，」帕西菲卡說，轉了個身，「真美。」她腳步不穩地在房間裡移動。「聽著，」她說，「現在最該做的事情就是去海邊游泳。如果妳錢夠的話我們可以搭計程車去，走吧，好不好？」

考伯菲爾太太真的嚇了一跳，但是帕西菲卡已經從床上拉了一條毯子，「拜託，」她說，「妳不曉得這會讓我多快樂。妳得拿那邊的毛巾。」

海邊並不遠。她們抵達後，帕西菲卡要司機兩小時後回來。

海岸覆滿了石子，挺讓考伯菲爾太太失望。雖然風不是非常強，但她注意到棕櫚樹頂端的枝葉在搖動。

帕西菲卡脫下衣服，立刻走下水。她雙腿大開站了一會兒，海水幾乎還不到她的脛骨。此時考伯菲爾太太則坐在一顆石頭上，試著決定是否要脫下自己的衣服。突然傳來一陣水花聲，帕西菲卡開始游泳。她先是仰泳，再來是俯泳，而考伯菲爾太太可以確定自己聽到她在唱歌。

當帕西菲卡終於厭倦了在水裡打水花，她站起來往海邊走。她跨著極大的步伐，陰毛浸濕了懸掛在腿間。考伯菲爾太太看起來有點不好意思，但是帕西菲卡在她旁邊噗通一聲坐下，問她為何不下水。

「我不會游泳。」考伯菲爾太太說。

帕西菲卡仰頭望著天空，她現在可以看出今天不會是個大晴天。

「妳幹嘛坐在那可怕的石頭上？」帕西菲卡說，「來，脫掉妳的衣服，我們下水去。我教妳游泳。」

「我一直學不會。」

「我會教妳，如果妳學不會我就讓妳沈下去。不，我只是開玩笑，別當真。」

考伯菲爾太太把衣服脫了。她的身體白而纖瘦，從她背後可以看到整根脊骨。帕西菲卡不發一語地看著她的身體。

「我知道我的身材很差。」考伯菲爾太太說。

帕西菲卡沒有回話。「來吧。」她說，站起來，把手臂環在考伯菲爾太太的腰間。

她們站在水深及大腿之處，面向著海灘和棕櫚樹。樹看起來好像在一團霧後面晃動，海灘則毫無色彩，在她們身後天空正迅速地變亮，但海仍然幾乎是黑色的。考伯菲爾太太注意到帕西菲卡嘴唇上有一個紅色的潰傷，水從她的頭髮滴到她的肩上。

她轉身背離海灘，將考伯菲爾太太往水更深處拉去。

考伯菲爾太太用力地抓住帕西菲卡的手，水很快地就淹到她的下巴。

「現在仰躺下來，我會托住妳的頭。」帕西菲卡說。

考伯菲爾太太驚惶地四處亂看，但是她服從了，仰躺漂浮著，只有帕西菲卡張開的手支撐在她的頭底下，讓她不致沈下。她可以看到自己窄小的腳浮在水面上。帕西菲卡開始游，拉著考伯菲爾太太一起。因為她只有一隻手臂可用，這個任務很艱鉅，很快地她就氣喘如牛。她扶在考伯菲爾太太頭下面的手力道非常地輕——事實上，輕到考伯菲爾太太害怕她會突然被丟下。她往上看，天空擠滿了灰色的雲。她想跟帕西菲卡講講話，但她不敢轉頭。

帕西菲卡往陸地游了一下。突然間她站起來，雙手定定地放在考伯菲爾太太的後腰。考伯菲爾太太同時感覺到快樂與不舒服。她轉過臉來，臉頰拂過帕西菲卡的腹部。她手上帶著數年來悲傷跟挫折的力量，用力地摟住帕西菲卡的大腿。

「不要離開我。」她大叫。

就在此刻，考伯菲爾太太鮮明地想起一個在她生命中重複出現的夢境。她被一隻狗追到了一個小丘上，小丘頂上立著一些松樹，跟一具八呎高的人體模型。她靠近這具模型，然後發現她是以血肉做成的，但是卻沒有生命。她的衣服是黑色天鵝絨製，群襬縮得很窄。考伯菲爾太太將人體模型的一隻手臂緊緊環住自己的腰。她被手臂的厚實給嚇了一跳，但也感到非常愉悅。她用另外那隻手將模型的另一隻手臂從手肘部往上彎，然後人體模型開始前後搖擺。考伯菲爾太太更緊地攀住人體模型，然後她們一起從山頂落下，滾了好一段距離，直到停在一條小步道上，而她們仍然緊擁著彼此。考伯菲爾太太最喜歡夢的這個部分。而在滾下來的一路上，人體模型就像位於她跟地上的碎瓶子及小石頭之間的安全墊一樣，這點讓她感到特別地滿足。

帕西菲卡有一刻讓這個夢所蘊含的感情復甦了，考伯菲爾太太認為這就是她特別充滿歡欣的原因。

「現在，」帕西菲卡說，「如果妳不介意的話，我想自己再游一次。」她先幫考伯菲爾太太站起來，領她回海灘。考伯菲爾太太倒在沙上，頭像朵枯萎的花一樣垂下。她顫抖著，筋疲力竭，像個剛做完愛的人。她抬頭看帕西菲卡，注意到她的眼睛更加地氤氳，前所未有地溫柔。

「妳應該多下水的，」帕西菲卡說，「妳太常待在屋子裡了。」

她跑回水裡，來回游了好幾次。海現在是藍色的，而且比早先波濤洶湧多了。帕西菲卡游泳的時候，在海潮拍打下露出的一顆平坦大岩上休息了一次。她正好位在朦朧太陽的黃色光線下，考伯菲爾太太有一陣子完全看不見她，然後很快地睡著了。

*

在回旅館的路上，帕西菲卡向考伯菲爾太太說她要睡得像個死人一樣，「我希望能夠十天都不要醒來。」

考伯菲爾太太看著她蹣跚走過明亮的綠色走廊，打著呵欠，甩著頭。

「我會睡兩個星期。」她又說一次，然後走進自己的房間，把門關上。考伯菲爾太太在自己的房間裡，決定最好打個電話給考伯菲爾先生。她下樓走到街上，那裡就像她剛到的時候一樣活絡。有些人已經出來坐在陽台，往下看著她。一名非常瘦的女孩，身上穿著一件垂到腳踝的紅色絲質洋裝，正穿過街道走向她。她看起來驚人地年輕而精力充沛。當考伯菲爾太太跟她越來越接近時，她猜想她是個馬來人。當這名女孩在她正前方停下來，用完美的英語對她說話時，她著實嚇了一跳。

「妳到哪兒去把頭髮弄得全濕了？」她說。

「我跟一位朋友去游泳。我們——我們一大早就去了海邊。」考伯菲爾太太不太想講話。

「哪個海邊？」女孩問。

「我不知道。」考伯菲爾太太說。

「那麼，妳們走去那裡還是坐車去？」

「坐車去。」

「我猜，也沒有海灘是近到可以用走的就到的。」女孩說。

「我想是沒有。」考伯菲爾太太說，嘆著氣看看四周。這女孩跟著她走。

「水冷嗎？」女孩問。

「冷也不冷。」考伯菲爾太太說。

「妳跟妳的朋友裸泳嗎？」

「對。」

「那我想附近應該沒有人吧。」

「沒有，半個人都沒有。妳游泳嗎？」考伯菲爾太太問這名女孩。

「不，」她說，「我從不走近水。」女孩有著尖銳刺耳的聲音，淡色的頭髮跟眉毛。她很可能有部分英國血統。考伯菲爾太太決定不問她，她轉向女孩。

「我想要打電話，最近的電話在哪裡？」

「去比爾葛瑞餐廳，那裡很涼爽。我早上常常在那裡像隻魚一樣地喝酒。到中午的時候我也醉得差不多了，就會去嚇嚇觀光客。我是一半愛爾蘭血統一半爪哇血統。人們打賭我是哪裡混血的，贏的人就得請我喝杯酒。猜猜我幾歲。」

「天曉得。」考伯菲爾太太說。

「我十六歲了。」

「滿像的。」考伯菲爾太太說，女孩似乎有點氣惱。她們在沈默中走向比爾葛瑞餐廳，到那裡之後，女孩就推她走進門，一路走向餐廳正中央的一張桌子。

「坐下來，點妳想點的東西，我請客。」女孩說。

在她們頭上有支電風扇轉動著。

「這裡是不是很棒？」她對考伯菲爾太太說。

「讓我打電話。」考伯菲爾太太說，她很怕考伯菲爾先生幾個小時以前就到了，而且此刻正在很不耐煩地等她的電話。

「盡量打吧。」女孩說。

考伯菲爾太太走進電話間打電話給她先生。他說他一會兒前才剛到，他會先吃早餐，然後到比爾葛瑞餐廳來找她。他聽起來冷淡而疲憊。

女孩在焦躁地等待她回座的期間，點了兩份古典雞尾酒。考伯菲爾太太回到桌子處，噗通地倒進椅子。

「我早上沒辦法睡得晚，」女孩說，「如果有很棒的事情可做，我甚至連晚上也不想睡覺。我媽說我像隻貓一樣緊張，但是卻很健康。我進了舞蹈學校，但是我太懶了不想學舞步。」

「妳住在哪裡？」考伯菲爾太太問。

「我自己一個人住在旅館。我有很多錢。有個軍人愛上我。他結婚了但我也從不跟別人在一起。他給我很多錢，他在家鄉甚至有更多錢。你有什麼想要的東西我都可以買給妳，但是別跟這邊的人說我有錢可以給別人花。我從來也沒給他們買過東西。他們令我厭惡，他們過的生活真可怕。這麼低俗，這麼蠢，蠢到家了！他們根本沒有隱私可言。我有兩個房間，妳如果想的話可以用其中一間。」

考伯菲爾太太很堅定地說她不需要，她一點也不喜歡這個女孩。

「妳叫什麼名字？」女孩問她。

「佛瑞妲·考伯菲爾。」

「我的名字叫佩姬-佩姬·葛雷迪斯。我覺得妳滿可愛，那頭濕濕的頭髮跟妳那閃亮的小鼻子。這就是我請妳跟我喝酒的原因。」

考伯菲爾太太跳起來，「請別讓我難堪。」她說。

「噢，讓我使妳難堪，小可愛。現在把妳的酒喝完，然後我再多點些給妳。也許妳餓了，想來點牛排。」

這個女孩雙眼閃亮，如一名不知饜足的縱慾女子。她戴著一支可笑的小手錶，用黑絲帶綁在手腕上。

「我住在帕瑪斯旅館，」考伯菲爾太太說，「我是那裡的女老闆奎爾太太跟她一位房客帕西菲卡的朋友。」

「那間旅館可不好。」佩姬說。「我有一晚跟一些傢伙去那裡喝酒，然後我跟他們說：『如果你們現在不轉身離開這間旅館，你們就永遠別再想約我出去。』那是個低俗的地方、可怕的地方，而且髒得要命。妳竟然住在那裡。我的旅館可好多了，有些美國人下了船，如果不是住華盛頓旅館的話，就會去住那裡。是格拉那達旅館。」

「那就是我們原本住的地方，」考伯菲爾太太說。「我先生現在就在那裡。它是我所到過最令人沮喪的地方了，我覺得帕瑪斯旅館比那裡好上一百萬倍。」

「可是，」女孩說，驚訝地張大了嘴，「我想妳沒看仔細。當然，我把自己的東西佈置在房間裡，就變得很不一樣了。」

「妳住在那多久了？」考伯菲爾太太問。她完全被這個女孩弄迷糊了，而且覺得她有點可憐。

「我在那裡住了一年半，感覺好像一輩子。我遇到那個軍人後不久就搬到那裡。他對我很好。我覺得我比他聰明，因為我是女生。媽媽告訴我女生從不跟男人一樣笨，所以我就放手去做了，盡情做我覺得對的事。」

這名女孩的臉像個小妖精而且甜美，有著菱角分明的臉頰跟一個小獅子鼻。

「說真的，」她說，「我有很多錢，我還可以拿到更多。妳想要什麼我都很願意買給妳，因為我喜歡妳講話、看人跟移動的樣子，妳很優雅。」她咯咯笑了，把自己乾而粗糙的手放在考伯菲爾太太的手心裡。

「拜託妳，」她說，「對我友善點。我不常看到我喜歡的人。這樣的事我不做第二次，真的。我好久都沒邀請誰到我房間了，因為我沒興趣，而且他們會把東西弄得很髒。我知道妳不會把東西弄髒的，因為我知道妳來自一個好的階級。我喜歡受過好的教育的人，我覺得那很棒。」

「我心裡有那麼多事情在亂著，」考伯菲爾太太說，「一般來說我不會這樣的。」

「那就把它們忘掉吧。」年輕女孩傲慢地說，「妳可是跟佩姬．葛雷迪斯在一起，而且她會請妳喝酒，因為她是真的想請妳。這是個多美的早晨，開心點！」她揪住考伯菲爾太太的袖子搖著她。

考伯菲爾太太仍然還深陷在她夢境的魔力，還有對於帕西菲卡的想念中。她很不安，電風扇似乎直直吹在她的心上。她坐著直瞪正前方，根本沒有在聽這個女孩說什麼。

她不知道自己做了多久的白日夢，直到她低頭一看，發現一隻龍蝦躺在她面前的一個盤子上。

「噢，」她說，「我不能吃這個，我沒有辦法吃這個。」

「但這是為妳點的，」佩姬說，「還有一些啤酒會上來。我讓人把妳的古典雞尾酒收下去了，因為妳都沒碰它。」她傾身越過桌面，把考伯菲爾太太的餐巾塞在她的下巴底下。

「請吃吧，親愛的，」佩姬說，「如果妳吃的話我會很高興的。」

「妳以為妳在做什麼？」考伯菲爾太太焦急地說，「辦家家酒？」

佩姬笑了。

「妳知道，」考伯菲爾太太說，「我的先生會來這裡加入我們。他會覺得我們一定是完全瘋了才會在早餐吃龍蝦，他不會瞭解這種事情的。」

「那麼，我們就快點吃光吧。」佩姬說，她渴望地看著考伯菲爾太太。「我真希望他不要來，」她說，「難道妳不能打電話叫他別來嗎？」

「不，親愛的，那是不可能的。而且，我也沒有任何理由叫他不來，我急著想見到他。」考伯菲爾太太忍不住想對佩姬・葛雷迪斯稍微殘忍一點點。

「妳當然想見他，」佩姬說，一副非常害羞而乖巧的樣子，「他在這裡的時候我會很安靜的，我向妳保證。」

「我才不要妳這麼做，當他來的時候請繼續聊。」

「當然，親愛的，別這麼緊張。」

考伯菲爾先生在她們吃龍蝦的時候到達，他身穿一件深綠色西裝，看起來好極了。他走向她們，愉快地微笑著。

「哈囉，」考伯菲爾太太說，「我好高興見到你，你看起來很好。這位是佩姬．葛雷迪斯，我們剛認識。」

他跟她握握手，似乎很開心。「妳們到底在吃什麼啊？」他問她們。

「龍蝦。」她們回答道。他皺了皺眉，「但是，」他說，「妳們會消化不良，而且妳們還在喝啤酒！我的天！」他坐下。

「當然，我無意干預妳們，」考伯菲爾先生說，「但這樣真不好，妳們有吃早餐嗎？」

「我不知道。」考伯菲爾太太故意說，佩姬．葛雷迪斯則笑了。考伯菲爾先生揚起了眉毛。

「妳一定知道的，」他低語道，「別無理取鬧。」

他問佩姬．葛雷迪斯她是從哪兒來的。

「我是巴拿馬人，」她告訴他，「但我有一半愛爾蘭跟一半爪哇血統。」

「我明白了。」考伯菲爾先生說，對她保持微笑。

「帕西菲卡在睡覺。」考伯菲爾太太突然說。

考伯菲爾先生皺起眉頭。「這樣啊。」他說，「妳打算要回去那兒？」

「不然你覺得我要做什麼？」

「再待在那裡沒有什麼意義，我以為我們會收拾行李。我已經在巴拿馬做好安排，我們明天可以去坐船，我今晚得打電話給他們。我知道了很多中美洲國家的事情，我們也許可以去住在哥斯大黎加的牧牛農場，有個男人跟我提起這個。那裡完全與世隔絕，妳得坐航行河川的小船到那裡。」

佩姬・葛雷迪斯看起來覺得很無聊。

考伯菲爾太太把頭埋進雙手裡。

「想像一下紅色跟藍色的高卡馬猷斯*飛過牛群上空的樣子，」考伯菲爾先生笑了，「拉丁版的德州，看起來一定瘋狂得要命。」

「紅色跟藍色的高卡馬猷斯飛過牛群上空。」佩姬・葛雷迪斯跟著他重複一遍。「什麼是高卡馬猷斯？」她問。

「牠們是巨大的鳥，身上有紅色跟藍色，長得跟鸚鵡差不多。」考伯菲爾先生說，「既然妳們連龍蝦都在吃了，我想我也來份加鮮奶油的冰淇淋吧。」

「他不錯。」佩姬・葛雷迪斯說。

「聽著，」考伯菲爾太太說，「我覺得不舒服，我想我沒辦法等你吃完冰淇淋。」

「我不會吃很久的。」考伯菲爾先生說，他看著她，「一定是龍蝦的關係。」

「也許我該帶她回我的格拉那達旅館。」佩姬・葛雷迪斯說，敏捷地跳起來，「她在那裡會很舒服的，然後你就可以吃完冰淇淋再過來。」

「聽起來滿合理的，妳不覺得嗎？佛瑞妲？」

「不，」考伯菲爾太太激動地說，緊抓住她脖子上的項鍊，「我想我最好直接回帕瑪斯旅館，我必須去，我**必須**立刻去……」她是這麼地心煩意亂，甚至忘了她的筆記本跟她的手帕，開始往餐廳外走去。

「但妳什麼都沒帶去。」考伯菲爾先生在她後面喊道。

「我會幫忙拿去。」佩姬・葛雷迪斯叫道，「你吃你的冰淇淋，晚點再過來。」她急忙跟在考伯菲爾太太後面，兩人一起跑過窒息般炎熱的街道，往帕瑪斯旅館前去。

奎爾太太站在門口，用一個瓶子喝著東西。

「到晚餐前我都不再喝粉紅色的東西了。」她說。

＊guacamayos是一種金剛鸚鵡。

「噢，奎爾太太，跟我一起到我的房間吧！」考伯菲爾太太說，她用手臂環住奎爾太太，深深地嘆息。「考伯菲爾先生回來了。」

「妳為什麼不跟我上樓去？」佩姬・葛雷迪斯說，「我答應妳丈夫要照顧妳的。」

考伯菲爾太太飛快地轉身過來，「請妳安靜。」她大叫，狠狠地盯著佩姬・葛雷迪斯。

「嘿，嘿，」奎爾太太說，「別讓這小女孩不開心了，我們得給她一個蜂蜜甜甜圈來讓她安靜。當然，我在她這個年紀的時候，可不只得用一個蜂蜜甜甜圈呢。」

「我沒事，」佩姬・葛雷迪斯說，「可不可以請妳帶我們到她房間？她應該躺下來。」

這名年輕女孩坐在考伯菲爾太太的床邊，手放在考伯菲爾太太的額頭上。

「我很抱歉，」她說，「妳看起來很糟。我希望妳不要這麼不開心。妳能不能現在別去想它，改天再想？有時候如果妳讓事情放著一下……我不是十六歲，我十七歲了。我覺得自己還像個孩子。除非人們認為我很年輕，否則我講不出話來。也許妳不喜歡我這麼精力充沛。妳又白又發青，看起來不美了，之前妳看起來漂亮多了。等妳丈夫來過以後，妳想的話我可以帶妳去坐馬車兜風。我媽已經死了。」她輕輕地說。

「聽著，」考伯菲爾太太說，「如果妳不介意現在走開……我想要自己一個人。妳可以晚點再回來。」

「我幾時能回來？」

「我不知道，晚點回來就是了。妳不懂嗎？我不知道。」

「好吧，」佩姬．葛雷迪斯說，「也許我就下樓去跟那個肥女人說話，或喝酒。等妳覺得好點的時候就下來。我接下來三天都沒事。妳真的想要我走？」

考伯菲爾太太點頭。

女孩不情願地離開了房間。

女孩把門關上之後，考伯菲爾太太開始顫抖。她抖得那麼厲害，連床都在晃動。她就像以往一樣地痛苦，就因為她想要做自己想做的事情，但是那卻不會讓她快樂。她沒有勇氣不去做她想做的事情，她知道那不會讓她快樂，因為只有瘋子的夢才能成真。她以為自己只是想要複製一個夢，但在這麼做的同時卻必然讓自己成為一場惡夢完全的受害者。

考伯菲爾先生非常安靜地走進她的房間。「妳現在覺得怎樣？」他問。

「我還好。」她說。

「那個年輕女孩是誰？她很漂亮——從雕塑的角度看。」

「她的名字是佩姬．葛雷迪斯。」

「她的英語說得很好，是不是？還是我錯了？」

「她英文說得很好。」

「妳玩得還好嗎？」

「那是我有生以來過得最好的時光了。」考伯菲爾太太說，幾乎是在哭著。

「我也玩得很好，探索巴拿馬市。但我的房間非常不舒適，太多噪音了，我沒辦法睡。」

「你為什麼不去好一點的旅館，住個比較好的房間？」

「妳知道我的，我討厭花錢。我從不認為那值得，我想我應該要改變想法的。我也應該去喝酒，我會玩得更好。但我沒有。」

他們沈默了一下，考伯菲爾先生有節奏地敲著小桌。

「我想我們應該今晚離開，」他說，「而不是留在這裡，這裡貴得要命。再來好幾天都不會有船可搭了。」

考伯菲爾太太沒有回答。

「妳不覺得我是對的嗎？」

「我不想去。」她說，在床上不安地扭動。

「我不懂。」考伯菲爾先生說。

「我沒辦法去，我想要留在這裡。」

「留多久？」

「我不知道。」

「但妳不能這樣規劃一趟旅行，也許妳根本不想這麼做。」

「噢，我會去規劃的。」考伯菲爾太太含糊地說。

「妳會嗎？」

「不，我不會。」

「看妳了。」考伯菲爾先生說，「我只是覺得妳不去中美洲的話，會錯過很多東西。妳在這裡一定會覺得無聊的，除非妳開始喝酒，妳大概會開始喝吧。」

「為什麼不你去就好，等你玩夠了再回來？」她提議道。

「我不會回來的，因為我無法看著妳。」考伯菲爾先生說，「妳可怕極了。」話說完，他從桌上拿起一個空水壺，把它扔出窗外，摔落到外面的巷子，然後他就離開了房間。

一個小時後考伯菲爾太太下樓到酒吧，她很驚訝而且高興地看到帕西菲卡在那裡。雖然帕西菲卡在臉上塗了厚厚的粉，她看起來還是很累。她坐在一個小桌旁，手裡拿著她的筆記本。

「帕西菲卡，」考伯菲爾太太說，「我不曉得妳醒著，我以為妳在房間睡覺。真高興看見妳。」

「我沒辦法闔上眼睛，我睡了十五分鐘之後，就沒辦法把眼睛闔上了。有人來找我。」

佩姬．葛雷迪斯走過來到考伯菲爾太太這邊。「哈囉，」她說，手拂過考伯菲爾太太的頭髮，「妳準備好要去兜風了嗎？」

「兜什麼風？」考伯菲爾太太問。

「跟我一起坐馬車兜風。」

「不，我沒有準備好。」考伯菲爾太太說。

「那妳幾時會好？」佩姬．葛雷迪斯問。

「我想去買些襪子，」帕西菲卡說，「妳要不要跟我一起去，考伯菲爾？」

「要，我們走。」

「妳丈夫離開旅館的時候看起來很不高興，」佩姬．葛雷迪斯說，「我希望妳們沒有吵架。」

此時考伯菲爾太太正跟帕西菲卡一起走出門，「真─抱─歉！」她回頭對佩姬．葛雷迪斯喊道。她很僵硬地站著，從後面看著她們，宛如一隻受傷的動物！

外面非常地熱，即使是最保守的女性觀光客——她們的臉頰跟胸口都一片火紅——也都把帽子摘下來，用手帕擦乾額頭。許多人為了躲避熱氣都走進了那些印度小店。如果店裡不太擠的話，售貨員會提供她們椅子，讓她們可以看個二、三十件和服而不感到疲累。

「Qué calor！」帕西菲卡說。

「別管襪子了，」考伯菲爾太太說，她覺得自己已經快要暈倒了。「我們去喝點啤酒。」

「如果妳想，就自己去找些啤酒喝。我必須去買襪子，我覺得女人腿上沒有穿襪子是很恐怖的一件事。」

「不，我跟妳去。」考伯菲爾太太把手放在帕西菲卡手心裡。

「噯！」帕西菲卡叫道，把手放開。「我們兩個都太濕了，親愛的。Qué barbaridad!」

帕西菲卡帶考伯菲爾太太去的那間店非常小，而且比街上還熱。

「看，妳在這裡可以買到很多東西，」帕西菲卡說，「我來這裡是因為他認識我，而且我可以用很低的價錢買到襪子。」

當帕西菲卡在買襪子的時候，考伯菲爾太太看著店裡賣的其他小商品。帕西菲卡花了好久的時間，考伯菲爾太太越來越覺得無聊。她把重心先放在一隻腳，然後是另一隻。帕西菲卡講價又再講價。她腋下有著深色的汗漬，兩側鼻翼則濕濕的。

終於講好了價之後，考伯菲爾太太看到售貨員在包裝東西，她就上前去付了帳。售貨員謝謝她，然後她們離開了那間店。

在旅館有封她的信，奎爾太太把它交給她。

「考伯菲爾先生把這留下來給妳。」她說，「我試著讓他坐下來喝杯茶或啤酒，但他很匆忙。他可真是個帥傢伙。」

考伯菲爾太太拿了信，往吧台走去。

「哈囉，蜜糖，」佩姬・葛雷迪斯柔柔地說。

考伯菲爾太太看得出來佩姬喝得很醉，她的頭髮垂在臉上，雙眼無神。

「也許妳還沒準備好……但我可以等很久，我愛等，我不介意自己一個人。」

「請妳給我一分鐘，讓我讀一封我先生給我的信。」考伯菲爾太太說。

她坐下來，把信封扯開。

親愛的佛瑞妲（她讀道），

我並不想對妳殘忍，但我應該寫信明確告訴妳那些我認為是妳的錯的部分，而且我真心希望我寫的東西能對妳有點影響。如同大多數人，妳一生中都沒有辦法面對一種以上的恐懼。妳也一直費盡生命以逃避自己的第一個恐懼，以走向妳的第一個願望。請小心不要讓自己出於自願而一再回到原點。我希望妳不要任由自己一生，都被妳所宣稱對妳的存在是必要的那些東西所圍繞，不管它們是否在客觀上或者是對妳那特殊的想法而言是有趣的。我衷心相信，只有那些能夠對抗自己內在第二次悲劇的人，而不是重複第一次的，才足以被稱做是成熟。當妳覺得某個人是在往前進的時候，要確定他並非實際上只是站著不動。為了要能夠前進，妳必須把大部分人都不願意拋下的東西拋下。妳的第一個痛，妳把它就像胸口的一塊磁石一樣帶著，因為所有的溫柔都會來自那裡。妳必須一生都帶著它，但是卻不能繞著它轉。妳必須放棄尋找那些只會對妳隱藏自己面目的象徵符號。妳會以為它們是不同而且多樣的，但它們其實永遠都一樣。如果妳只想追求一種足堪滿意的生活，那麼這封信或許對妳毫無意義。感謝上帝，一艘離港的船仍然是一件美好可看的東西。

J. C.

考伯菲爾太太的心跳得非常快，她把信捏在手心，搖了兩、三次頭。

「除非妳要我纏著妳我絕不會去纏妳。」佩姬．葛雷迪斯說，她似乎並沒有特別在對誰說話，她的眼睛從天花板游移到牆上，她自顧自地笑了。

「她正在讀一封她先生給她的信，」她說，讓手臂重重地落到吧台上，「我自己並不想要一個丈夫——絕不——絕不——絕不……」

考伯菲爾太太站起來。

「**帕西菲卡**，」她叫道，「**帕西菲卡！**」

「誰是帕西菲卡？」佩姬・葛雷迪斯問，「我想見見她，她跟妳一樣美麗嗎？叫她來這裡……」

「美麗？」酒保笑了，「美麗？她們沒有一個是美麗的。她們都是老太婆了。妳很美麗，就算是醉得一塌糊塗的時候。」

「把她帶過來，親愛的。」佩姬・葛雷迪斯說，讓她的頭垂倒在吧台上。

「聽著，妳的伙伴已經走出房間整整兩分鐘，去找帕西菲卡了。」

3

幾個月過去了，戈林小姐、箇隆小姐跟阿爾諾住在戈林小姐所選的屋子裡也大約過了四週。

這樣的生活比箇隆小姐所想像的還要乏味多了，雖然她本來就沒有什麼想像力，而現實往往比她最瘋狂的夢境還要駭人。她現在對戈林小姐的怒氣比換房子之前更甚，而且脾氣非常差，幾乎每個小時都可以聽到她在悲苦地抱怨自己的人生，或者在威脅著要一走了之。在房子後面有個土堤和一些樹叢；若走過土堤，沿著一條樹叢間的小路走下去，很快就可以到達樹林。在房子的右邊則是一片夏天會開滿雛菊的田野。這片田野原本看起來應該會不錯，若不是正中央躺著一台生鏽的老舊汽車引擎。屋外沒有什麼可坐的地方，因為前門的走廊已經腐朽，所以她們三個人全都養成坐在廚房門口附近的習慣，因為在那裡，屋子正好可以為她們擋住風。箇隆小姐打從一到這裡就飽受寒冷之苦；實際上，屋子裡面並沒有中央暖氣系統，只有幾個小煤油爐。即使現在還只是初秋時分，已經有幾天出現相當低的氣溫了。

阿爾諾越來越不常回自己的家，反而時常從戈林小姐的房子出門，搭乘小火車跟渡船去到城市裡，工作完之後再回到島上吃晚餐跟睡覺。

戈林小姐對他在此處逗留從未過問。他越來越不注重自己的穿著，上週他甚至有三天根本沒去辦公室。簡隆小姐對此非常不高興。

有一天，阿爾諾在樓上一間正對著屋頂的臥室休息，她則跟戈林小姐坐在廚房門前，利用下午的陽光取暖。

「樓上那個懶鬼，」簡隆小姐說，「最後一定會連班都不去上的。他會完全搬進這裡，除了吃跟睡之外什麼都不做。再過一年，他就會像隻大象一樣肥了，而且妳擺脫不了他的。感謝老天我那時可不會在這了。」

「妳真的認為他會在一年之內變得那麼、那麼地肥嗎？」戈林小姐說。

「我確定！」簡隆小姐說。突然有一陣風把廚房門吹開了。「噢，我真討厭這樣。」簡隆小姐憤憤地說，從位子上站起來去把門關上。

「此外，」她繼續說，「誰聽說過一個男人會跟兩位女士住在一間沒有多餘房間的屋子裡，他還得和衣睡在沙發上！光是走在客廳裡看到他整天躺在那裡，眼睛不管是睜著還是閉著，一副什麼都不管的樣子，就讓我的胃口都被倒盡了。只有懶得要命的男人才會願意這樣過生活。他甚至懶到連約我們出去都不願意，這真是一件最不自然的事情了——如果妳對男人的生理構成稍微有一點概念的話。但當然了，他不是個男人，他是隻大象。」

「我不覺得，」戈林小姐說，「他有肥到那個程度。」

「總之，我告訴他可以在我的房間休息，因為我已經受不了看他在窩沙發上了。還有妳，」她對戈林小姐說，「妳真是我這輩子見過最遲鈍的人了。」

在此同時，簡隆小姐真的非常擔心——雖然她幾乎不願意對自己承認——戈林小姐已經快要精神失常了。戈林小姐似乎越來越瘦，也越來越神經質，堅持自己來做大部分的家事。她總是在清理房子、擦亮門把跟銀器。她嘗試了很多小技巧來讓屋子住起來舒服，而不用花錢來達到這種效果。過去幾週來，她突然對金錢有強烈的堅持，只從銀行提出足夠她們過最簡單生活的錢。但同時，她卻對負擔阿爾諾的食物費沒有異議，他也幾乎沒提過要為維護這間屋子做任何貢獻。雖然他的確還在繼續付他自己公寓的那份租金，這或許令他沒剩多少錢來付其他的，但還是讓簡隆小姐火冒三丈，因為雖然她不了解為何對戈林小姐來說，以少於自己收入的十分之一來生活是必須的，她還是努力去適應這種程度的生活品質，並且拼命地試圖去擴張可用的金額。

她們沉默地坐了幾分鐘。簡隆小姐正在認真思考著這些事情的時候，突然，一個瓶子砸到她頭上，弄得她滿身的香水，前額上被劃出一道頗深的傷口。她血流如注，手蓋在眼睛上坐著。

「我沒有想到要弄出血來的，」阿爾諾從窗子探出身說道，「我只是想給她點教訓。」

雖然戈林小姐開始覺得簡隆小姐越來越像惡魔的化身，她還是對她的朋友迅速表示同情。

「噢，我親愛的，讓我找些東西來替妳消毒。」她走進屋子裡，在走廊上與阿爾諾擦身而過。他站著，雙手放在前門上，沒辦法決定是要待在屋子裡還是出去。當戈林小姐拿著藥回來的時候，阿爾諾已經不見了。

＊

時間已近傍晚，簡隆小姐頭上綁著繃帶，站在屋子前面。從她所站的地方，可以看到樹林間的路。她的臉非常白，眼睛浮腫，因為她悲苦地啜泣過。她哭是因為這輩子第一次有人在她身上使用暴力，她越想到這點，這件事在她腦中就變得越嚴重。而當她站在屋子前面，她突然感到有生以來的第一次害怕。她離家多麼地遠啊！有兩次她開始打包要離開，而兩次她都決定還是不要這麼做，只因為她無法讓自己離開戈林小姐。因為她以自己的方式——即使她自己都不太知道這是怎麼回事——深深地與她相連。簡隆小姐進屋子的時候，天色都已經暗了。

戈林小姐非常不高興，因為阿爾諾到現在都還沒回來，雖然她並不比一開始的時候還要在乎他多少。她在已經暗下來的屋外站了接近一個小時，因為她的焦慮如此強烈，因而無法待在室內。

當她還站在外面的時候，簡隆小姐坐在客廳一個空蕩蕩的火暖爐前，感覺上帝所有的憤怒都降臨到自己頭上了。這個世界以及其間的人們突然超出她的理解，而且她感覺到自己極可能會就此失去全世界——一種很難解釋的感覺。

每當她回望廚房，看到戈林小姐黑色的身影還佇立在屋子前面時，她的心就更下沉了一些。終於，戈林小姐走進屋子來。

「露西！」她叫道，聲音非常清晰，而且比平常要高亢些。「露西，我們去找阿爾諾。」她在簡隆小姐對面坐下，臉看起來異常地明亮。

簡隆小姐說，「我絕對不去。」

「可是，」戈林小姐說，「他畢竟住在我的房子裡。」

「的確如此。」簡隆小姐說

「對於在同一個屋簷下的人來說，」戈林小姐說，「互相照顧不是應該的嗎？我想，他們會這麼做的，對不對？」

「他們會更小心那些跑來同住的人。」簡隆小姐說，又回復了生氣。

「我不這麼想，真的。」戈林小姐說。簡隆小姐深深地嘆了一口氣，然後站起身。「算了，」她說，「很快我就會回到一群真正的人類當中了。」

她們開始進入樹林，沿著一條通往最近城鎮的小徑，從她們的屋子步行大約需要二十分鐘。戈林小姐聽到每個奇怪的聲響都會發出尖叫聲，而且一路上都緊抓住簡隆小姐的毛衣不放。簡隆小姐陰鬱地建議她們回程還是繞遠路好了。

終於她們走出了樹林，在公路上走了一小段。路的對面是一些主要以開車的人為對象的餐廳，戈林小姐看到阿爾諾坐在其中一家餐廳靠窗戶的位子，正在吃一個三明治。

「阿爾諾在那兒，」戈林小姐說，「來吧！」她抓住簡隆小姐的手，幾乎是小跑步著往餐廳的方向去。

「這還真是好到令人不敢相信，」簡隆小姐說，「他又在吃了。」

裡面熱得要命，她們脫下毛衣，跟阿爾諾同桌而坐。

「晚安，」阿爾諾說，「我沒想到會在這兒見到妳們。」他對著戈林小姐說，避免看向簡隆小姐的方向。

「我說，」簡隆小姐說，「你打算解釋一下自己的行為嗎？」

阿爾諾剛咬了一大口三明治，因此無法回答她，但是他的確把眼睛轉到她的方向。他的頰內塞滿了東西，所以完全無法辨別他是否看起來在生氣。簡隆小姐對此極度不滿，但是戈林小姐卻坐在那裡微笑地看著他們，因為她很高興又有他們兩個一起在身邊了。

終於，阿爾諾吞下了他的食物。

「我不必解釋我的行為，」他對簡隆小姐說，因為他把東西吞下去了所以現在看得出來他非常不滿。「妳欠我一個鄭重的道歉，為妳對我的憎恨、也為妳把它跟戈林小姐講。」

「我有絕對的權利恨我想恨的人，」簡隆小姐說，「而且，既然我們住在一個自由的國家，只要我想，我到街上去講都可以。」

「妳沒跟我熟到足以恨我的地步。妳根本錯看我了，這就夠讓一個男人火冒三丈，而且我的確很火大。」

「那好，你就滾出房子，反正沒人想要你待在那。」

「妳錯了，我確定戈林小姐希望我待下來，對不對？」

「對，阿爾諾，我當然希望。」戈林小姐說。

「這真是沒有天理，」簡隆小姐說，「你們兩個都瘋了。」她挺起身來坐得非常直，阿爾諾跟戈林小姐都盯著她的繃帶看。

「總之，」阿爾諾說，抹抹嘴巴，把盤子推開，「我確定一定有方法可以讓我們同住在一起的。」

「你為什麼對這間屋子這麼執著？」簡隆小姐尖叫道，「你在那裡唯一會做的就是癱在客廳裡睡覺。」

「這間屋子給我某種自由的感覺。」

簡隆小姐看著他。

「你是說一個可以放縱自己懶惰的機會。」

「聽著，」阿爾諾說，「如果可以讓我在晚餐後以及早上使用客廳的話，妳就可以在其餘的時間使用它。」

「好吧，」簡隆小姐說，「我同意，但是整個下午你都不准踏進那裡一步。」

在回家的路上，簡隆小姐跟阿爾諾似乎都挺滿意的，因為他們想出了一個解決之道。兩人都覺得自己佔到了便宜，而簡隆小姐甚至已經開始為自己描繪出好幾種可以在客廳悠閒地度過整個下午的方式了。

當她們回到家的時候，簡隆小姐幾乎是立刻就上樓去了。阿爾諾衣著整齊地躺在沙發上，拉了一張織毯來蓋住自己。戈林小姐坐在廚房，過了一會兒她聽到有人在客廳嗚咽的聲音，她走進去，發現阿爾諾用袖子蒙住臉哭泣。

「怎麼了，阿爾諾？」

「我不知道，」阿爾諾說，「有個人恨你真是不好受。我真的覺得也許我該離開這裡回自己家去比較好，但那是世上我最不想做的事情，而且我恨房地產，也恨她對我生氣。妳能不能去告訴她，這只是我的一段適應期——請她耐心點再給我一些時間？」

「當然，阿爾諾，我明天一早就跟她說這件事。也許若你明天去上班的話，她對你的感覺會好些。」

「妳這麼認為？」阿爾諾問，急切地坐直了起來，「那麼我會去的。」他起身走到窗邊站著，兩隻腳張得開開的。「在這段期間，我實在無法忍受有任何人恨我，」他說，「而且當然我對妳們兩個都很關心。」

隔天傍晚，阿爾諾帶了巧克力回來給戈林小姐跟簡隆小姐一人一盒，他很驚訝地發現自己的父親也在那兒。他坐在暖爐旁一張直背椅子上，喝著一杯茶，還戴著一頂開汽車時戴的帽子。

「阿爾諾，我來這裡看看你怎麼照顧這兩位小姐的。她們簡直就像住在糞肥堆裡。」

「我真不知道你身為一個客人怎能講這樣的話，父親。」阿爾諾說，沈著臉拿給兩位女子一人一盒糖。

「我當然能，親愛的兒子，因為我的年紀，我可以說的話可多了。記著，對我來說你們都是我的孩子呢，包括這裡的公主。」他用枴杖的頂端鉤住戈林小姐的腰，然後把她拉到自己身邊。她從未想過會看到他表現出這樣嬉鬧式的幽默感。比起他們初次見面那晚，他看起來比較矮小也比較瘦。

「那麼，你們這些瘋小孩都在哪兒吃東西啊？」他問他們。

「我們有張方桌，」簡隆小姐說，「它在廚房裡。有時候我們把它放到暖爐前面，但總是不太搭調。」

阿爾諾的父親清了清喉嚨，什麼也沒說。他似乎不高興簡隆小姐開口說話。

「反正，你們都瘋了。」他說，看著自己的兒子跟戈林小姐，刻意排除簡隆小姐，「但我支持你們。」

「你的太太在哪裡？」戈林小姐問。

「她在家，我想，」阿爾諾的父親說，「像泡菜一樣地酸溜溜，苦得難以下嚥。」

簡隆小姐對他的回答報以笑聲，那是她會覺得有趣的事情。阿爾諾挺高興看到她稍微開心了起來。

「跟我一起出去吧，」阿爾諾的父親對戈林小姐說，「到風跟陽光之下，我的愛，還是我該說到風跟月光之下呢，只不過永遠別忘了加上『我的愛』。」

他們一起離開房間，阿爾諾的父親領著戈林小姐稍微深入田野。

「妳知道，」他說，「我決定重拾幾個年少時期的喜好。比如說，我年輕的時候滿喜歡待在大自然裡的。坦白說，我已經決定要丟掉一些老習慣跟想法，再回到自然裡享受一番——也就是，如果妳願意跟我一起的話。這是先決條件。」

「當然好啊，」戈林小姐說，「但我需要作什麼?」

「你只需做個真正的女人就好。有同情心，願意為所有我的所作所為挺身而出，同時又喜歡稍微斥責我一下。」他把自己冰冷的手放到她手中。

「讓我們進屋去吧，」戈林小姐說，「我想要進屋去。」她開始拉他的手臂，但是他不動。她瞭解到，雖然他看起來非常老派，戴著那頂汽車帽也有點可笑，但他還是很強壯。她開始懷疑，為什麼在他們相遇的第一晚，他似乎與眾不同多了。

她更用力地拉他的手臂，半像是在開玩笑，半又是真心的，而在這麼做的當兒，她挺不智地用指甲刮到了他手腕的內側，弄出了一點血。那似乎讓阿爾諾的父親相當不高興，因為他開始蹣跚地穿過田野，盡可能用最快的速度回屋子去。

稍後他對大家宣布自己要留在戈林小姐的房子過夜。他們生了一簇火，一起圍著它坐著。阿爾諾打了兩次瞌睡。

「媽會擔心死了。」阿爾諾說。

「擔心?」阿爾諾的父親說,「她大概在早晨之前就心臟病發死了。但是,反正人生不就是一陣煙,或是一片葉子,或者是一支很快燒完的蠟燭嗎?」

「別假裝玩世不恭,」阿爾諾說,「也別因為有女人在,就假裝開開心心的。你是冷酷,疑神疑鬼的那種人,你自己知道。」

阿爾諾的父親咳了兩聲,看起來有點不高興。

「我不這麼覺得。」他說。

戈林小姐把他帶到樓上自己的房間。

「希望你能睡個好覺,」她對他說,「任何時候你來我的房子我都會很高興。」

阿爾諾的父親指著窗外的樹。

「噢,夜晚!」他說,「就像少女的臉頰一樣柔軟,就像剛孵化的貓頭鷹一樣神秘,東方,蘇丹王戴著方巾的頭。有多少夜晚我在讀書的燈下忽略了妳,被各種各樣我如今將為妳捨棄的思緒所佔據。接受我的道歉,讓我成為妳的兒女。妳看,」他對戈林小姐說,「妳看,我已經真的煥然一新了,而我們現在彼此瞭解。妳不能認定人只有一種心性,我那晚跟妳說的一切都是錯的。」

「噢。」戈林小姐說,有一點失望。

「是的，我現在想要跟以往的自己不同，成為一個全新的人，就像A跟Z之間的差距。這真是個美好的開始，是個好預兆，就像人們說的。」

他在床上伸展四肢，就在戈林小姐看著他的時候睡著了，而且很快地就開始打鼾。她丟了一條被子到他身上，離開了房間，深深地感到困惑。

到了樓下，她加入暖爐前的其他人。他們正在喝著熱茶，裡面加了一些萊姆酒。

簡隆小姐很放鬆。「這真是世界上對神經最好的東西了，」她說，「對緩和生活中的稜稜角角也很好。阿爾諾正跟我說他在叔叔的辦公室裡的發展史，他怎樣從一個發傳單的人開始，努力地逐步成為公司裡的主要經紀人之一。我們就坐在這裡享受了一段極愉快的時光，我想阿爾諾對我們藏起了一個非常優秀的生意頭腦。」

阿爾諾看起來有點戰戰兢兢，他仍然很怕讓簡隆小姐不高興。

「簡隆小姐跟我明天想去問問看這座島上是否有高爾夫球課程，我們發現彼此都對高爾夫球有興趣。」他說。

戈林小姐無法理解阿爾諾在態度上的突然轉變，好像他剛到達一個夏季度假旅館，而且急欲計畫一個美好的假期。簡隆小姐也有點讓她驚訝，但她什麼都沒說。

「打高爾夫球會對妳很好，」簡隆小姐對戈林小姐說，「也許會在一個禮拜內就讓妳回到正軌。」

「我想，」阿爾諾帶著歉意說，「她大概不會喜歡的。」

「我不喜歡運動，」戈林小姐說，「它比任何東西都還要給我極大的犯罪感。」

「正好相反，」簡隆小姐說，「運動絕不會造成那樣的結果。」

「別這麼無禮，親愛的露西，」戈林小姐說，「畢竟，我非常注意自己內在所發生的事情，我也比妳還了解我自己的感覺。」

「運動，」簡隆小姐說，「絕對不會給妳犯罪的感覺，但比起這還要有趣的是，妳就是無法坐著五分鐘而不開始在對話中加進一些怪異的事情。妳真是這方面的專家。」

*

隔天早上，阿爾諾的父親襯衫領口敞開、沒穿背心地下樓來。他稍微把頭髮往上攏，所以現在看起來像個年老的藝術家。

「媽到底該怎麼辦？」阿爾諾在早餐的時候問他。

「你真像根沒用的琴弓！」阿爾諾的父親說，「你說自己是個藝術家，卻甚至不知道該怎麼不負責任。藝術家的美就在於孩子氣的靈魂。」他用自己的手碰碰戈林小姐的。她忍不住想到他進她房間那晚所說的話，跟他現在所說的每句話如此天差地別。

「如果你媽有想活下去的慾望，她就會活下去，只要她願意像我一樣把所有東西都拋下的話。」他補充說道。

簡隆小姐被這位似乎最近才突然對自己的生命做了些臨時起意的改變的老人弄得有點窘，但她並不真的對他感到好奇。

「那麼，」阿爾諾說，「我想你應該還是會給她錢付房租吧，我會繼續付我的份。」

「當然，」他父親說，「我永遠是個紳士，雖然我得說這責任對我來說很沉重，像個掛在脖子上的錨一樣。現在，」他繼續道，「讓我出門去賺錢吧，我覺得自己能夠來個百米衝刺。」

簡隆小姐深鎖雙眉坐著，不曉得戈林小姐會不會讓這瘋老人住進這間已經很擠的屋子。阿爾諾的父親一會兒後出發去鎮上，他們從窗口懇請他回來把外套穿上，但他朝天揮揮手拒絕了。

下午的時候，戈林小姐嚴肅地思考了些事情。她在廚房門前來回走著。對她來說，這間房子已經變成一個友善而親切，讓她可以覺得是自己家的地方了。她決定現在是時候了，她必須去幾趟島的前端，在那裡她可以坐上渡船並跨海返回內陸。她厭惡這麼做，因為她知道這會多麼地惱人，而且她越想越覺得小屋裡的生活要來得吸引她多了，她甚至一面快樂地哼著歌一面想著這些日子。為了對自己保證她今晚會做這趟旅行，她走進臥室，在梳妝台上放了五十分錢。

晚餐後，當她宣佈自己要獨自去坐火車，簡隆小姐幾乎憤慨地哭出來，而阿爾諾的父親則認為來「一趟馳向藍色的火車行」很不錯，他這麼稱呼它。當簡隆小姐聽到他在鼓勵戈林小姐，她無法再把持自己而衝回臥室去了。阿爾諾急忙離開餐桌，笨重地踏上階梯跟著她。

阿爾諾的父親求戈林小姐讓他跟著一起去。

「這次不行，」她說，「我必須自己去。」而阿爾諾的父親，雖然他說自己很失望，卻仍然開開心心的。他的幽默感似乎永無止境。

「嗯，」他說，「像這樣朝向夜晚出發正與我想做的事情不謀而合，而我認為妳不讓我陪妳去真是漂亮地吊足我胃口了。」

「我去並不是為了好玩，」戈林小姐說，「而是出於必須。」

「但是，讓我再求你一次。」阿爾諾的父親說，他不顧戈林小姐所說的話，艱辛地跪下來，「我求妳，帶我一起去吧。」

「噢，拜託，我親愛的，」戈林小姐說，「請別為難我了，我是個脆弱的人。」

阿爾諾的父親跳起來，「當然，我不會為難妳的。」他親吻她的手腕並祝她一路順風。「妳覺得那兩隻龜兒子會跟我說話嗎？」他問她，「還是妳覺得他們會整晚一直關在一起？我挺討厭自己一個人。」

「我也是，」戈林小姐說，「敲他們的門，他們會跟你說話的。再見……」

戈林小姐決定沿著公路走，因為在這個時刻要穿越樹林實在太暗了。之前在下午時她曾經對自己提到這點，以作為不利出門的因素之一，但稍後她就覺得連把這點納入考慮都太愚蠢。外頭很冷而且風很大，她把身上的披肩拉得更緊些。她一直喜歡毛料披肩，雖然它們已經褪流行好幾年了。戈林小姐抬頭看天空；她尋找著星星而且非常希望能夠看到幾顆。她站著不動好一陣子，但她無法決定這到底是個有星光的夜晚還是沒有，因為即使她集中注意力、一次都沒有低下視線，但是星星似乎非常快速地出現又消失，彷彿這些是星星的幻影，而非真實的星星。她判斷這只是因為雲非常快速地橫越天空，使得星星在前一刻被完全遮蔽，而下一刻又出現。她繼續往車站走去。

當她抵達的時候，驚訝地發現有八、九個小孩子比她先到，每一個都拿著一大支上面有著藍色跟金色的學校旗幟。小孩子們話的不太多，但都很專注在用一隻腳用力地跳，然後再換另一隻腳。整群的孩子都在做這個動作，小小的木製月台搖晃得非常厲害，而戈林小姐不曉得自己是否該提醒孩子們注意到這點。不過，很快地，火車進站了，他們全都登上車。戈林小姐坐的位子與一名粗壯的中年女人隔走道相對。除了那群孩子之外，她跟戈林小姐是這節車廂裡僅有的乘客。戈林小姐帶著興趣看著她。

她戴著手套跟一頂帽子，坐得非常直。她的右手拿著一個長而細的、像蒼蠅拍的包包。這名女子瞪著正前方，臉上沒有一根肌肉在動。有更多的包包被她整齊地堆放在隔壁的座位上。戈林小姐看著她，希望她也是要到島的前端去。火車開始移動，這名女子把空著的那隻手放到隔壁座位的包包上頭，以免它們滑下來。

小孩子們大部分擠在兩張座位上，而那些坐不下的則站在坐滿的那兩個位子周圍。很快地他們就開始唱歌，都是一些歌頌他們自己學校的歌曲。他們唱得那麼糟，讓戈林小姐幾乎無法忍受。戈林小姐從座位上站起來，一心一意地要趕快走到孩子們那兒，以致於沒有注意到列車的急劇搖晃，結果她急促之下跌倒了，一頭摔到唱歌孩子們旁邊的地板上。

她努力站起來，雖然臉頰在流血，她先請孩子們不要再唱歌了，孩子們都瞪著她；然後她找出一條蕾絲手帕，開始把臉頰上的血抹掉。火車沒多久就停下來，小孩子們都下車了。戈林小姐走到車廂末端，用紙杯裝了一杯水。她在暗暗的車廂連結部分擦抹著臉頰，一面緊張地猜想那位拿著蒼蠅拍的女子是否還在車上。當她走回自己的座位時，她看到那位女子還在那裡，於是鬆了一口氣。她仍然拿著蒼蠅拍，但是把頭轉往左邊，向外看著小小的月台。

「我不認為，」戈林小姐對自己說，「如果我換到她對面的座位會有什麼壞處。畢竟，在這種郊外的火車上，女人們互相去認識對方應該是很自然的事情，特別是在這樣一個小島上。」

她安靜地溜到那名女子對面的座位，然後繼續專注在自己的臉頰上。火車已經再度開動，而這名女子越來越用力地瞪著窗外以迴避戈林小姐的視線。因為對某些人來說，戈林小姐有點擾人，也許是因為她發紅而高貴的臉頰還有她怪異的服裝。

「我很高興那些孩子們離開了，」戈林小姐說，「如今坐在這台火車上真的很令人愉快。」開始下雨了，這名女子把額頭貼到玻璃上，以便更清楚地盯著打在車窗玻璃上的雨滴。她沒有回答，戈林小姐於是再度開口，因為她習慣逼迫人們開始談話，社交禮儀類的事情並不在她所害怕的項目中。

「妳要去哪裡？」戈林小姐問，主要是因為她真的很想知道這名女子是否要去島的前端，再者她也覺得這是一個可以讓人放鬆戒備的問題。這名女子小心地打量她。

「回家。」她用一種平板的聲音說。

「那妳住在這個島上嗎？」戈林小姐問她，「這兒真的很迷人。」她加上這句。

這名女子沒有回答，反而開始將所有的包包拿在手裡。

「妳到底住在哪裏？」戈林小姐問，女子的眼神猶疑不定。

「格蘭斯戴爾（Glensdale）。」她遲疑地說。即使對於別人的輕蔑不敏感的戈林小姐，都能夠發覺到這名女子在騙她。這讓她非常難過。

「妳為什麼要騙我？」她問，「我保證跟妳一樣是正派女子。」

這名女子此時已經集結起了她的力量，而且似乎對自己更確定。她直直看著戈林小姐的眼睛。

「我住在格蘭斯戴爾，」她說，「一直都是。我正要去看一個住在遠方小鎮的朋友。」

「為什麼我讓妳這麼害怕？」戈林小姐問她，「我本想跟妳說說話。」

「我受夠了，」這名女子說，與其是對戈林小姐不如說是對自己講，「我的生活裡已經有夠多真實的苦悶了，不用再加上遇到瘋子這一項。」

突然間她抓起雨傘，在戈林小姐的足踝上敲了一記。她的臉脹得很紅，而戈林小姐判斷儘管她外表看似中產階級，她其實是個歇斯底里的人。但戈林小姐以前已經遇過許多像這樣的女人，所以她決定，這名女子從現在起的任何行為都不會讓她感到驚訝。這名女子帶著她所有的包包和她的雨傘離開座位，艱難地步下走道。不久後她回來了，後面跟著車掌。

他們在戈林小姐旁邊停下，這名女子站到車掌後面。車掌是個老人，往前傾身到戈林小姐的頭上，呼吸幾乎噴到她的臉。

「妳不能在這些車上跟人講話，」他說，「除非妳跟他們熟。」他的聲音在戈林小姐聽起來相當溫和。

然後他回頭看看那名女子，她似乎仍然在生氣，但是比較冷靜一點了。

「下次，」車掌說，他真的想不出來要講什麼，「下次妳坐這火車的時候，留在位子上，別騷擾人。如果妳想知道幾點了，可以去問別人，但別搞騷動，或者妳也可以做個小手勢，我會願意過來回答妳所有的問題。」他直起身子，站了一會兒，試著多想點話來講，「也要記得，」他又說，「把這些告訴妳的親戚朋友。還要記得不准帶狗上車，或者是奇裝異服，除非用一件大外套全遮起來，而且不要再製造騷動了。」他加上這句話，對她搖搖手指。他向那名女子碰碰帽沿示意，然後就走了。

一兩分鐘之後火車停下來，那名女子下車了。戈林小姐焦慮地看向窗外找尋她，但只看到一個空蕩蕩的月台跟一些黑色的樹叢。她用手捂著胸口，對自己微笑。

當她抵達島的前端時，雨已經停了，星星再度閒歇地閃爍著。她必須走過一條連接著火車站跟渡船停泊碼頭的長長窄木板道，很多木條已經鬆了，所以她得非常小心自己的腳下。她不耐地嘆氣，因為對她來說，只要她還走在木板道上，就表示她還無法確定自己真的能搭得到船。如今她已經接近目的地了，她感覺這趟旅行可以很快結束，而且她不久後就能夠回去跟阿爾諾還有他的父親以及簡隆小姐在一起。

木板道每隔一段距離才有一盞燈，所以會有一些滿長的路段她得在黑暗中通過。然而，通常非常膽小的戈林小姐卻一點都不會感到害怕。她甚至有種輕快的感覺，就像一些不平衡但卻樂觀的人開始接近他們害怕的東西的時候所感受到的。她在閃避那些鬆掉的木條時更加地靈敏輕巧，甚至小步跳過它們。她現在可以在木板道末端看到停泊碼頭了，那裡燈火通明，而且管理局還在上船平台中央豎立了一根相當大的旗竿。雖然旗幟一圈圈地捲住了竿子，戈林小姐還是可以輕易地分辨出上面紅色跟白色的條紋跟星星。她很高興能在這個遠離人煙的地方看到這面旗子，因為她原本沒想到在這個島的前端會有任何的機構組織存在。

「怎麼會沒有呢，人們已經在這裡住了好多年了。」她對自己說，「我之前沒想到才是奇怪。他們自然在這裡，有家族、有鄰近的商店、有正義感跟道德感，而且當然會有組織來對抗社區裡的罪犯。」她對於現在記起這些東西幾乎感覺到一股快樂。

她是唯一在等渡船的人。她一上船就直直走到船頭，站在那兒望向大陸，直到抵達對岸。渡船碼頭在一條路的底端，路在一個小斜丘的頂端接上一條大街。卡車得在小丘的頂端停下來，把貨物卸到手推車上，讓它們被小心地推下到碼頭。從碼頭往上看，還可以看到大街末端兩家商店的側牆，但除此之外看不到太多東西。路的兩側被燈照得非常亮，戈林小姐可以分辨出走下山丘往碼頭來乘船的人身上的大部分服裝細節。

她看到三個年輕女人走向她，手挽著手在咯咯笑著。她們穿著非常華麗，試著同時抓住自己的帽子跟同伴的手，這讓她們前進得很緩慢。但走到小丘的一半，她們就喊住了碼頭上的一個人，那人正站在渡船停泊的標竿附近。

「不准你丟下我們先走，喬治。」她們對他喊道，然後他友善地揮揮手。

有許多年輕男子走下山丘，他們似乎同樣為了某種特殊場合而裝扮。他們的鞋子擦得很亮，很多人都在上衣鈕扣孔裡插了花。即使從那三名女子身後遠處開始走的人，都快步超過她們。每次這種情形發生，就會讓這些女孩爆出一陣笑聲。從戈林小姐所站的地方只能微微地聽到那聲音。越來越多人出現在小丘頂端，而就戈林小姐看起來，大部分人都沒有超過三十歲。她走到旁邊去，很快地他們就占滿了船的前甲板跟渡船的指揮室，一起談話說笑著。她非常好奇想知道他們要去哪裡，但看到這麼一大群人湧現讓她的精神相當受挫，她覺得這是個不好的預兆，最後決定去問一名仍然站在碼頭上離她不遠處的年輕男子。

「年輕人，」她對他說，「可不可以請你告訴我，你們是一群人要一起去參加某個活動，還是這只是湊巧？」

「我們都是要去同一個地方，」這名男孩說，「就我所知。」

「那麼，你可以跟我說那是哪兒嗎？」戈林小姐問。

「**豬鼻鉤**。」他回答道，渡船的哨音就在此時響起，他迅速地離開戈林小姐，跑去前甲板加入他的朋友們。

戈林小姐完全獨自一人掙扎著走上小丘，眼睛一直盯著大街上最後一間店的牆。一個廣告畫家用生動的粉紅色畫了一個佔據半面牆的巨大小嬰兒臉孔，在其餘的空間上則有個巨型橡膠奶嘴。戈林小姐猜測著**豬鼻鉤**是什麼。當她抵達小丘頂端時感到相當失望，因為發現大街上沒有什麼人跡，而且也不太明亮。也許她被嬰兒奶嘴廣告上的明亮顏色所誤導了，希望整個城鎮也會如此地繽紛亮麗。

在走下大街之前，她決定去更仔細地檢視一下那幅圖像，因而必須要穿過一處空地。在離那幅廣告很近的地方，她注意到一名老人正俯身在一些木箱上，試著要把釘子從木板上扯下來。她決定問他是否知道**豬鼻鉤**在哪裡。

她走近他，在開口問問題之前站著看了他一會兒。他身穿一件綠色蘇格蘭格紋夾克，戴著一頂同樣質料的小帽，正拼命地想要用一根細細的棍子當工具把釘子從木板上撬下來。

「非常不好意思，」戈林小姐終於對他說，「但我想要知道**豬鼻鉤**在哪裡，以及為什麼有人想去那裡，如果您曉得原因的話。」

這個男人繼續弄著那根釘子，但戈林小姐看得出來他對她的問題很感興趣。

「**豬鼻鉤**？」這個男人說，「那簡單，它是個新地方，一間夜總會。」

「大家都去那裡嗎？」戈林小姐問他。

「如果他們是笨蛋型的，他們就會去。」

「你為什麼這麼說？」

「我為什麼這麼說？」這個男人說，終於站起身來，把棍子放回口袋裡。「我為什麼這麼說？因為他們去那裡只為了享受被騙走每一分錢的快樂。那裡的肉都只是馬肉，妳知道，這麼點大而且還不是紅的，是有點灰色的，旁邊連個馬鈴薯的影子都沒有，又貴得要死。而且，那些人都跟教堂裡的老鼠一樣窮，全都對生活是什麼樣子沒有一丁點概念。就像一大群狂扯著皮栓繩的狗。」

「那麼他們每晚都會一起去**豬鼻鉤**嗎？」

「我不知道他們幾時會去**豬鼻鉤**，」這個男人說，「就像我不知道蟑螂每晚都在幹啥。」

「可是，為什麼**豬鼻鉤**那麼不好？」戈林小姐問他。

「有一點不好，」這個男人說，越講越有興趣，「就是他們找了個黑仔，整天在他自己房間的鏡子前面跳上跳下，直到滿身大汗，然後他就在那些小子跟小妞前面做同樣的事情，而他們就覺得他在幫他們表演音樂。雖然他有個昂貴的樂器，因為我知道他在哪裡買的而我不曉得他到底有沒有付錢，但我曉得他就把它插到自己的嘴裡開始走來走去，兩隻長手臂像蜘蛛腳一樣，然後他們就只聽他的不聽別的。」

「不過，」戈林小姐說，「有些人就是喜歡那類的音樂。」

「對，」這個男人說，「有些人就是喜歡那類音樂，而有些人住在一起，在桌子上一起吃飯，整年都沒穿衣服。還有其他的人，我們都知道他們是怎樣的。」——他看起來一副神秘狀——「但是，」他繼續說道，「在我的時代，錢總是值一磅糖或奶油或豬油。而當我們出外的時候，我們付錢買到等值的東西，外加一隻跳火圈的狗，還有一塊可以把臉頰放在上面的牛排。」

「你的意思是什麼？」戈林小姐問——「跳火圈的狗？」

「那個啊，」這男人說，「只要幾年真正的耐心跟毅力還有一堆頭痛，你訓練牠們做什麼都行。你就找個圓圈環然後用火把它整圈點燃，然後這些剃了毛的狗，如果牠們是真行的話，就會像隻飛在空中的鳥兒一樣地跳過它們。當然很難看到牠們表演這些，但牠們確實曾在這個鎮上過，確實從火圈的正中央飛過去的。當然那時候人們的年紀比較大，而且比較在乎自己的錢，不喜歡看一個黑人跳上跳下的。他們會寧可為房子裝個新屋頂。」他笑了。

「那麼，」戈林小姐說，「這些事情是在一個夜總會裡發生過的，就是現在豬鼻鉤所在的地方的嗎？你懂我的意思。」

「當然不是！」這個男人激動地說，「那地方是在河的這一邊，一間真正的劇院裡面，當中的位子分成三種價位，每天晚上跟每週的三個下午都會有秀上演。」

「嗯，那麼，」戈林小姐說，「那是很不同的狀況不是嗎？因為，畢竟，**豬鼻鉤**是個夜總會，就像你自己之前說的，而有狗會跳火圈的地方是個劇院，所以實質上而言，相互比較實在是沒有意義的。」

這個老人再度蹲下來，把他的小棍子塞在釘頭跟木板之間，繼續把釘子從木板上撬下來。

戈林小姐不知道要跟他說什麼，但是她覺得繼續談話比自己出發走下街道還要來得愉快些。她可以看得出來他有點被激怒了，所以她準備好用更加溫柔的聲音問下一個問題。

「告訴我，」她對他說，「那個地方會不會很危險，還是去了只是浪費時間？」

「當然，妳要那裡多危險就有多危險，」這個老人立刻說，他的壞心情似乎過去了，「那裡當然是危險的，有些義大利人在經營，而那地方被田野跟樹林所圍繞。」他看著她，彷彿在說，「這就是妳所需知道的全部了，不是嗎？」

戈林小姐有一會兒感到他是個權威，而她也認真地回視著他的眼睛。「但是難道你不能，」她問，「難道你不能很輕易地就知道他們是否全都安全地回來嗎？畢竟，如果有需要，你只須站在小丘頂上看他們從渡船出發。」這個老人把他的棍子再度撿起來，拉住戈林小姐的手臂。

「跟我來，」他說，「然後一次確認好。」他帶她到小丘的邊緣，然後他們看向通往碼頭的明亮街道。渡船並不在那兒，但是可以很清楚地看見售票員在票亭內，還有用來把渡輪綁在標竿上的繩子，甚至連對岸都看得見。戈林小姐用眼睛清晰地看著這所有的景象，焦急地等待老人要說什麼。

「看，」老人說，舉起他的手臂，做了一個劃過河跟天空的模糊手勢，「妳可以看到哪裡是死角。」戈林小姐環視四周，但似乎沒有一處可以躲得過他們的眼睛，然而同時她相信這個老人對她說的話。她感到又羞愧又不安。

「跟我一起來吧，」戈林小姐說，「我請你喝杯啤酒。」

「非常謝謝妳，女士。」老人說，他的音調變成了一種僕人式的，而戈林小姐對於自己竟然會相信他之前所說的話感到更加羞愧。

「有什麼地方是你比較想去的嗎？」她問他。

「沒有，女士。」他說，在她旁邊不安地移動，他不再顯現出絲毫想談話的樣子。

除了戈林小姐跟這名老人之外，沒有人在大街上走，他們經過了一輛停在黑暗店面前的車子，兩個人抽著煙坐在前座。

這名老人在一間餐飲店的櫥窗前停下，站住看著一些展示的火雞跟久放的香腸。

「我們要不要進去吃點東西配個飲料呢？」戈林小姐問他。

「我不餓，」這個男人說，「但我會陪妳進去坐下。」

戈林小姐很失望，因為他似乎完全不曉得如何給夜晚帶來任何一絲慶祝氣氛。店裡很暗，但是四處裝飾著紙花。「為了慶祝最近某個節日。」戈林小姐想。在吧台後方的鏡子周圍，有一整圈特別漂亮的亮綠色紙花環。店裡放有八到九張桌子，每張桌子都被一圈暗褐色的木板圍成一個包廂。

戈林小姐跟這名老人坐在吧台。

「順帶一提，」老人對她說，「妳不會比較想坐在桌子那裡，讓自己不那麼容易被看見？」

「不會，」戈林小姐說，「我覺得這樣真的非常、非常地愉快。你現在點些東西吧，好嗎？」

「我想要，」這個男人說，「一個火雞三明治和豬排三明治，一杯咖啡，跟一杯純麥威士忌。」

「真是怪異的心理！」戈林小姐想，「我還以為他會覺得不好意思，因為剛剛才說完他不餓。」

她因為好奇而往身後看去，注意到在她後面的包廂裡坐著一個男孩跟一個女孩。男孩正在看報紙，沒有喝東西，而女孩則用吸管啜飲著一杯看起來很不錯的櫻桃色飲料。戈林小姐為自己連續點了兩杯琴酒，當她喝完的時候她轉身再度看向那個女孩。那女孩似乎正等著她這麼做，因為她已經把臉轉向戈林小姐的方向。她對戈林小姐溫柔地微笑，眼睛睜得大大的。她的眼睛非常地黑，戈林小姐注意到她的眼白部分有幾點黃色，頭髮是黑而硬直，在整顆頭上向四方叢生。

「猶太裔、羅馬尼亞裔，或者是義大利裔的。」戈林小姐對自己說。男孩沒有從他的報紙中抬起眼睛，他拿報紙的方式讓自己的臉被遮住了。

「玩得愉快嗎？」女孩用沙啞的聲音問戈林小姐。

「嗯，」戈林小姐說，「我出來並不真的是為了要玩樂。我多少有點強迫自己出來，因為我厭惡在夜晚獨自出門，而且並不想離開自己的屋子。然而，就是到了我得強迫自己出來做些小旅行的時候——」

戈林小姐停了下來，因為她真的不知道該如何能夠不花上一段很久的時間來向這女孩解釋清楚她的意思，而且她了解到在此刻也是不可能的，因為侍者不斷地在吧台跟年輕人的包廂之間來回走動。

「總之，」戈林小姐說，「我當然覺得稍微放鬆一下，有段好時光是無傷大雅的。」

「每個人都該有段棒得不得了的時光，」女孩說，而戈林小姐注意到她的話有一點腔調。「對不對呢，我的天使小乖乖？」她對男孩說。

男孩放下報紙，看起來相當地被惹惱了。「什麼東西對不對？」他問她。「妳說的話我一個字也沒聽到。」戈林小姐非常明白這是個謊話，他只是假裝沒注意到他的女朋友在跟她講話。

「沒什麼特別重要的，真的。」她說，溫柔地看進他的眼底，「那邊的小姐正在說，畢竟放鬆一下有段好時光不會傷害任何人。」

「也許，」男孩說，「想用約會來有一段好時光才會造成無比的傷害。」他直接對女孩說，完全忽略戈林小姐曾被提到過的這個事實。女孩傾身過去在他耳邊說話。

「親愛的，」她說，「有些可怕的事情發生在那個女子身上，我可以從心裡感覺到，請別對她發脾氣。」

「對誰？」男孩問她。

她笑了，因為她知道自己已經無計可施。這個男孩沉溺在壞心情裡，但她愛他，而且為此幾乎什麼都能忍受。

跟戈林小姐一起來的老人離開了座位，帶著他的飲料跟三明治到一台收音機旁，站在那裡，把耳朵靠近音箱。

在房間後方有個男人正在一條小球道上獨自打著保齡球。戈林小姐聽著球在木質球道上滾動的隆隆聲，希望自己能夠看清楚他，讓她能夠確定這個房間裡面沒有危險人物在，從而對今晚感到心安。當然，也可能會有其他的客人從前門進來，但她完全沒有想到這點。雖然她極力嘗試，但卻還是無法看清那個在打球的男人。

年輕的男孩跟女孩開始吵架了，戈林小姐可以從他們的聲音中聽出來。她沒有轉過頭，只是專心聽他們的談話。

「我真不知道為什麼，」女孩說，「你有必要一下就這麼生氣，只因為我提到很喜歡走進這裡來坐一會兒。」

「這完全沒道理，」男孩說，「為什麼這裡會比其他地方讓妳想進來坐？」

「那為什麼——那為什麼你要進來呢？」女孩遲疑地問。

「我不曉得，」男孩說，「也許是因為這是我們離開房間後第一個碰上的地方。」

「不對，」女孩說，「還有別的地方可以選。我真希望你能說你喜歡這裡。我不曉得為什麼，但是那會讓我好快樂，我們已經來這裡好久了。」

「我他媽的才會那樣說。而且如果妳想把這裡跟女巫的魔力扯上關係的話，我也他媽的不會再踏進這裡一步。」

「噢，小乖乖，」女孩說，在她的聲音中有著真誠的苦惱，「小乖乖，我沒有在說女巫的魔力，我甚至沒想到她們。只有在我小的時候才會。我真不該告訴你那件事的。」

男孩來回地搖著頭，他覺得她沒救了。

「看在老天份上，」他說，「那根本不是我的意思，柏妮絲。」

「我不明白你到底是**什麼**意思，」柏妮絲說，「許多人年復一年，每晚都會來這裡，或是別的什麼地方，沒做什麼，就只是喝點東西和跟彼此聊天，原因就是這地方對他們來說像是個家。而我們來這裡也是因為這裡漸漸地變成了我們的家，第二個家——如果你可以把我們的小房間稱做第一個家的話——對我來說它是的，我非常地喜愛它。」

男孩發出厭惡的聲音。

「還有，」她加上，感覺到她的話跟她的語調，在男孩耳裡沒辦法聽起來不像某種魔咒，「這裡的桌子、椅子還有牆壁，都已經像是老朋友的熟悉臉孔一樣了。」

「什麼老朋友？」男孩說，越來越憤怒地咆哮著，「什麼老朋友？對我來說這只是另一個爛地方，窮人在這裡喝光靈魂，以忘掉自己根本不存在的收入狀態。」

他直直地坐起來，怒瞪著柏妮絲。

「我想在某方面來說，那是真的，」她模糊地說，「但我覺得還有更多的東西在其中。」

「只有麻煩而已。」

在此同時法蘭克，也就是酒保，一直在聽著柏妮絲跟迪克的對話。這是個無事可做的晚上，而他越去想男孩所說的話，就覺得越生氣。他決定要去他們坐的桌子那裡大幹一場。

「起來，迪克，」他說，攫住他襯衫的領口，「如果你對這個地方是那種感覺，就給我滾出去。」他用力把他從座位上拉出來，大力推了他一把，迪克踉蹌了幾步撲倒在吧台上。

「你這大肥頭，」迪克對酒保吼道，朝他揮拳，「你這坨低能的肥油，我會把你那張白臉打回家去。」

兩人現在激烈地鬥毆著。柏妮絲站在桌子上扯著兩人的襯衫，想要分開他們。即使他們離桌子有點距離，她還是能夠搆得到他們，因為兩邊坐椅的末端都是柱子，只要抓住其中一根她就可以向外探到他們上方。

每當柏妮絲從包廂往外傾身得特別遠的時候，從戈林小姐現在站的地方就可以看到她襪子上方的皮膚。這本來不會讓戈林小姐感到困擾的，但她注意到原本在後面打保齡球的男人現在已從他待的柱子旁移開，一有機會就直瞪著柏妮絲露出來的地方看。這男人有著一張窄窄的紅面孔，一個受過傷而且有點發炎紅腫的鼻子和非常薄的嘴唇，頭髮顏色幾乎是橘色的。戈林小姐無法決定他到底是有極端正直的性格還是罪犯的天性，但是他緊繃無比的神情卻幾乎要嚇死她了。而戈林小姐也無法決定到底他是帶著興趣還是鄙視看著柏妮絲。

即使被打中了好幾拳，臉上也冒出汗水，酒保法蘭克顯得非常鎮定，而且就戈林小姐看來，他似乎對打鬥已經失去了興趣。實際上，房間裡唯一真正緊繃著的人是站在她身後的男子。

不久法蘭克的嘴唇裂了，迪克的鼻子在流血。一會兒之後他們都停止了打鬥，不穩地走向洗手間去。柏妮絲跳下桌子跑去跟著他們。

幾分鐘之後他們回來了，全都洗過臉也梳了頭髮，手拿著髒手帕捂住嘴。戈林小姐走向他們，抓住兩個男人的手臂。

「我很高興事情現在結束了，讓我來作東，請你們每個人都喝一杯。」

迪克現在看起來相當地難過，而且非常悶，他陰鬱地點點頭，然後一起坐下等法蘭克幫他們準備飲料。他帶著他們的飲料回來，把飲料給了他們之後，他自己也在桌邊坐下。他們全都沉默地喝了一會兒。法蘭克看起來很出神，而且似乎在思考著與今晚剛發生的事情無關的私事。有一次他拿出一本地址簿，翻了它好幾次。戈林小姐是首先打破沉默的人。

「現在告訴我，」她對柏妮絲跟迪克說，「告訴我你們對什麼感興趣？」

「我對政治抗爭感興趣，那當然是自重的人唯一應該感興趣的事，我同時也站在勝利跟正確的那方，相信資本應該重新分配的那一方。」他對自己哼笑了一聲，很容易看得出來他覺得自己是在跟個徹底的傻蛋講話。

「那些東西我都聽過了，」戈林小姐說，「那妳對什麼感興趣呢？」她問女孩。

「任何他感興趣的事，但我確實在遇見他以前就相信政治抗爭是很重要的。妳看，我跟他有著不一樣的天性。若是讓我高興的事情，我會用雙手把它們從天空上抓下來。我只抓住我喜愛的東西，因為那才是我真正能看到的。這個世界干擾著我跟我的快樂，但我從未去干擾世界，除非是像現在，因為我跟迪克在一起。」柏妮絲在桌上伸長手去握住迪克的，她已經有點醉了。

「聽妳講這些真讓我難過，」迪克說，「妳，作為一個左派份子，應該非常明白，在我們為自己的快樂奮鬥之前，我們應該先為其他的事情奮鬥。我們正活在一個個人的快樂沒有什麼意義的時代，因為個人已經沒有什麼未來可言了。先毀掉妳自己才是明智的，至少只留下自己能夠對大眾有用的部分。如果妳不這麼做，妳會失去對客觀現實的觀照以及其他的東西，而且妳會掉到神秘主義之中，那在現今根本是浪費時間。」

「你是對的，親愛的小迪，」柏妮絲說，「但有時候我會很想要在一間漂亮的房間中被等待著，有時候我覺得當個中產階級也不錯。」（戈林小姐注意到，她說『中產階級』這個詞的方式彷佛她才剛學到它。）柏妮絲繼續說道，「我是很有人性的人，即使我很窮，我也會跟他們一樣想念同樣的事情。因為有時候在晚上，知道他們有安全感地睡在自己的屋子裡，不會讓我感到憤怒，反而讓我充滿平和，就像一個晚上會害怕的孩子喜歡聽到大人們在街上講話。你不覺得我講的話有些道理嗎，小迪？」

「一點都不覺得！」男孩說，「我們都知道，就是他們的那些安全感讓我們在夜晚哭叫。」

戈林小姐現在非常焦急地想介入談話之中。

「你，」她對迪克說，「對贏得一場非常正確而聰明的戰鬥感興趣，我則對什麼讓這場戰鬥這麼難贏得更有興趣。」

「他們掌握了權力，他們有媒體跟生產工具。」

戈林小姐把手蓋在男孩嘴上，他嚇了一跳。「這很正確，」她說，「但很明顯地，你們不也在對抗著另外的事情嗎？你們對抗他們如今在地球上的位置，他們毫不鬆手地把持著它。如你所知，人類並不遲鈍。他們毫不鬆手，因為他們仍然相信地球是平的，而自己隨時可能會掉出去。那就是為什麼他們緊抓著中間不放，也就是他們一直以來賴以生存的理念。如果要有一個新未來的話，你不能去跟一個還在跟黑暗與惡龍戰鬥的人搏鬥。」

「這樣啊，」迪克說，「那我該怎麼辦呢？」

「只要記得，」戈林小姐說，「一次就把自己童年完全殺死的成年人才算贏得革命。」

「我會記得。」迪克說，對戈林小姐有點嗤之以鼻。

剛才在後面玩球的男人現在站到了吧台旁。

「我最好去看看安迪有什麼需要。」法蘭克說。在戈林小姐跟迪克對話的過程中他一直在輕輕地吹口哨，但是他似乎也有在聽，因為他離開桌子的時候轉身面向戈林小姐。

「我覺得地球是個很適合生活的地方，」他對她說，「而且我也不覺得只是走了太超過的一步就會跌出去。在這個地球上你永遠可以把同一件事做個兩三次，而且大家都會滿有耐心地等你把事情弄對。第一次做錯不代表你就此完蛋。」

「可是，我不是在講那類的事。」戈林小姐說。

「妳明明就是在說這個，現在別想避過去。但我要告訴妳，就我個人而言這沒什麼大不了的。」他帶著感情看著戈林小姐的眼睛，「我的生活，」他說，「是我自己的，不管是像個雜種還是王子。」

「他到底在說什麼呀？」戈林小姐問柏妮絲和迪克，「他好像認為我侮辱了他。」

「天知道！」迪克說，「不管怎樣我想睡了，柏妮絲，我們回家吧。」

當迪克在吧台付帳給法蘭克的時候，柏妮絲傾身向戈林小姐，並在她耳邊小聲說話。

「妳知道，親愛的，」她說，「當我們兩個自己在家的時候，他並不是這樣的。他真的讓我很快樂。他是個可愛的男孩，而且妳該看看當他在自己的房間裡，而不是跟陌生人在一起的時候，那些能讓他開心的簡單東西。總之——」她直起身來，而且似乎對自己突然冒出的自信有些困窘，「總之，我真的非常高興能夠遇見妳，而且我希望這段時間我們沒有讓妳太難過。我跟妳保證這以前從來沒發生過，因為在表面下，迪克就跟妳我一樣，但他正在一個心情很緊張的狀態，所以請妳務必原諒他。」

「當然，」戈林小姐說，「但我看不出有任何需要原諒的理由。」

「那麼，再見。」柏妮絲說。

戈林小姐聽了柏妮絲在迪克背後所說的話後，感到太過羞愧和震驚，以致於她一下子沒有注意到，現在除了剛才在玩球的男人，還有那名已經一頭倒在吧台上呼呼大睡的老人之外，她是現在唯一留在酒吧裡的人了。然而，當她終於注意到這點時，在一個孤寂的瞬間，她感覺到整件事都被重新安排了。雖然是她逼著自己做這趟大陸之旅，但她卻同時被上天的力量騙進了這個決定。她覺得自己無法離開了，而且即使她努力嘗試，也會有某些事情發生阻擋她的離去。

她以所剩無幾的心力注意到，那個男人從吧台拿起自己的酒走向她。他在離她的桌子約一呎遠之處停下來站著，把杯子拿在半空中。

「妳會跟我喝杯酒吧，對不對？」他看起來並不特別真心地問她。

「不好意思，」法蘭克從吧台後面說，「我們要關門了，恐怕不能再供應酒了。」

安迪沒說話，但他走出門，在身後用力把它甩上。他們可以聽到他在外面走來走去。

「他又要耍脾氣了，」法蘭克說，「真該死。」

「噢，我的天，」戈林小姐說，「你怕他嗎？」

「當然不怕，」法蘭克說，「但是他很難相處——這是我唯一想到能形容他的詞——難相處，而且搞了半天，人生苦短。」

「那麼，」戈林小姐說，「他是個危險人物嗎？」

法蘭克聳聳肩。不久安迪就回來了。

「月亮跟星星都出來了，」他說，「我幾乎可以清楚看見鎮的邊緣。我沒看到警察，所以我想我們還可以喝酒。」

他滑進來，坐到戈林小姐對面的座位上。

「街上半個活的東西都沒有，又冷又死氣沉沉，」他開始說，「但我喜歡它現在這樣，如果對像妳這樣快樂的女人來說，我聽起來有點憤世嫉俗，請原諒我，但我有個習慣，就是絕不去注意我在跟誰說話。我想人們會這麼講我：『對他人缺乏尊重。』妳對妳的朋友非常尊重，我確定，但那只是因為妳尊重自己。所有事情的開端永遠是：妳自己。」

如今他在跟她說話，而戈林小姐並不比之前他還沒過來坐下時感到輕鬆多少。他說話的時候似乎變得更緊繃甚至生氣，而他把一些跟她真正的天性完全不符的特性加諸在她身上，帶給他的談話一種詭異的性質，同時也讓戈林小姐感到很沒意思。

「你住在這鎮上嗎？」戈林小姐問他。

「是的，沒錯。」安迪說，「我在一棟新蓋的公寓裡有三個附傢俱的房間。那是鎮上唯一一棟公寓。我每個月付租金，一個人住在那兒。下午的時候陽光會照進我的公寓。在我看來，那是最棒的諷刺之一了。因為那棟建築中，我的房間充斥最多的陽光，而我整天都拉下遮光簾睡覺。我不是一直都住在那兒，之前我跟我媽住在城市裡。但這裡是我能找到最近似於監獄島的地方了，所以這兒適合我，很適合。」他翻弄著幾根香菸好一會兒，特意將視線避開戈林小姐的臉。他讓她想起某些喜劇演員，在最後終於演出一個次要的悲劇性角色時卻演得更好。她同時有種很確定的想法，某件事情把他簡單的腦袋劈分成了兩半，讓他在被單下輾轉反側而非安然入睡，最後造成了這樣一個扭曲的存在。她確定自己將很快地發現那是什麼。

「妳的美很特別，」他對她說，「一個不漂亮的鼻子，但卻有美麗的眼睛跟頭髮。如果能夠跟妳上床，會在這片恐怖中讓我很愉快。但要這麼做的話，我們得離開這裡到我的公寓去。」

「雖然我沒辦法給你什麼承諾，但我很樂意去你的公寓。」戈林小姐說。

安迪要法蘭克打電話給計程車行，叫某個整夜當班的人來這裡載他們。

計程車非常緩慢地開下大街，它很老舊，因此震動得相當厲害。安迪把頭探出窗外。「你們好嗎，各位先生女士？」他對著無人的大街喊道，極力裝出一種英國腔。「我希望，我誠摯地希望各位都能夠在我們美好的鎮上有段快樂時光。」他縮回身體坐到自己的位子上，以一種非常可厭的方式笑著，讓戈林小姐再度感到害怕。

「你可以半夜在這裡全裸滾圈環，也沒有任何人會發現。」他對她說。

「可是，如果你覺得這裡是個那麼陰沈的地方的話，」戈林小姐說，「你為什麼不打包行李搬到別的地方去呢？」

「噢，不，」他陰鬱地說，「我永遠不會這麼做，這麼做根本沒有用。」

「是因為你的工作把你綁在這裡嗎？」戈林小姐問他，雖然她很清楚他講的是一些精神性的、更加重要的東西。

「別叫我生意人。」他對她說。

「那麼你是個藝術家？」

他含糊地搖搖頭，彷彿不清楚藝術家是什麼。

「那麼，好吧，」戈林小姐說，「我猜了兩次，你現在要不要告訴我你到底是做什麼的？」

「一個流浪漢！」他聲音宏亮地說，在他的座位裡往下滑了一點。「妳一直都知道的，對不對，妳是個聰明的女人。」

計程車停了下來，公寓位於一塊空地跟一排一層樓高的店鋪之間。

「妳看，我一整天都照得到午後的太陽，」他說，「因為沒有障礙物。我就從這空地上方往外看。」

「在空地上長著一棵樹，」戈林小姐說，「我想從你的窗戶可以看得見吧？」

「對，」安迪說，「真是怪了，對不對？」

這棟公寓很新而且非常小，他們一起站在大廳，安迪在口袋翻找著鑰匙。地板是仿大理石的。除了在中央有一隻建築師用馬賽克磚做的藍色孔雀，以及旁邊圍繞著一些長柄的花，其他部分都是黃色的。在微弱的光線下很難分辨出孔雀，戈林小姐蹲下來以便更仔細地檢視。

「我想那隻孔雀周圍的是水仙花，」安迪說，「但一隻孔雀不是應該有上千種顏色在身上嗎？色彩多樣的，那不就是孔雀的重點嗎？這隻全是藍色的。」

「也許，」戈林小姐說，「這樣比較好。」

他們離開大廳，走上一個醜陋的鐵樓梯。安迪住在一樓，走廊上有一股可怕的氣味，安迪說它一直都不消失。

「他們在那兒煮十人份的食物，」他說，「整天都在煮。他們全都在不同的時間上班，有一半的人完全見不到另一半的人，除了禮拜天跟假日。」

安迪的公寓很熱而且滿是雜物，傢俱是咖啡色的，而椅墊似乎沒有一個是跟椅子的尺寸相符。

「這就是旅程的終點，」安迪說，「把這裡當自己家，我要去把一些衣服脫掉。」他一會兒後回來，穿著一件用非常廉價的布料做成的浴袍，浴袍腰帶的兩端都已經有部分被啃掉了。

「你的浴袍腰帶是怎麼回事？」戈林小姐問他。

「我的狗把它們啃掉了。」

「噢，你有一隻狗？」她問他。

「很久以前，我有一隻狗跟一個未來，還有個女朋友，」他說，「但那已經都過去了。」

「發生了什麼事？」戈林小姐問，一面把披肩從肩膀上脫下來，用手帕抹著前額。熱氣已經開始讓她流汗了，尤其是她已經有好一陣子不習慣中央暖氣系統的存在。

「別再談我了，」安迪說，像個交通警察般把手舉起來，「來喝點東西吧。」

「好吧，但我還是覺得我們早晚應該談談你的生活。」戈林小姐說，同時她全心想要讓自己在一小時內就回家。「我認為，」她對自己說，「就我的第一晚來說已經做得不錯了。」安迪站起來，把浴袍的腰帶拉緊。

「我曾經，」他說，「跟一位有工作的好女孩訂過婚。我盡我所能地愛著她，她有光滑的前額，美麗的藍眼睛，還有不那麼好的牙齒，她的腿有資格被拍成相片。她的名字是瑪麗，而且跟我媽處得很好。她是個樸實的女孩，普普通通的頭腦，但她總能讓生命發光發熱。有時候我們會在午夜吃晚餐，就只因為我們想這麼做。而她常常對我說，『想像一下我們兩個，在午夜走上大街吃晚餐，只是兩個普通人。也許理智根本不存在。』自然，我沒有告訴她還有很多人會在午夜吃晚餐——就像住在5D大樓那邊的人，不是因為他們瘋了，而是因為他們的工作讓他們不得不如此——因為那樣的話或許她就不會那麼開心了。我不會掃她的興，告訴她世界並不瘋狂，世界是滿平穩的。而我不知道在幾個月後，她甜美的心會變成世上最瘋狂的心。」

安迪額頭上的血管開始突起，臉變得更紅，而他的兩個鼻翼也滲出汗水。

「這些一定都對他意義重大。」戈林小姐想道。

「我以前常去一家義大利餐廳吃晚餐，它就在我房子附近的轉角。那裡大部分的客人我都認識，店裡氣氛也相當快活。我們有幾個人總是會一起吃飯，酒都是我買，因為我比其他人的經濟狀況好點。還有一些老人也在那裡吃飯，但我們從未跟他們打交道。還有一個男人也在，他沒有那麼老，但他是個獨行俠，不跟其他人混。我們曉得他以前待過馬戲團，但我們一直不知道他到底做什麼工作或其他的。然後有一晚，就在他帶她進來的前一晚，我碰巧沒啥理由地看著他，然後我就看到他站起來，把報紙摺起來收進口袋裡。那看起來很怪，因為他還沒把晚餐吃完。然後他轉向我們，開始像清喉嚨一樣的咳嗽。

「『各位先生，』他說，『我有件事情要宣布。』我得讓弟兄們安靜下來，因為他的聲音很細，很難聽清楚他說什麼。

「『我不會佔用各位太久的時間，』他繼續說，像個在大宴會上發表感言的人，『但我只想告訴你們，而你們立刻可以瞭解原因。我只想告訴你們，明天晚上我將帶一位年輕小姐來這裡，而我希望你們能夠毫無保留地愛她。各位先生，這位小姐，就像是個破碎的娃娃，她沒有手也沒有腳。』然後他非常安靜地坐下，立刻又開始吃飯。」

「這真是太令人難堪了！」戈林小姐說，「我的天，你們怎麼回答呢？」

「我不記得了，」安迪說，「我只記得那就像妳說的一樣令人難堪，而且我們覺得他根本不用作這個宣言。

「隔晚我們到達的時候她已經坐在位子上了，妝化得很漂亮，穿著一件非常漂亮乾淨的洋裝，前面別著一個蝴蝶形狀的胸針。她的頭髮是燙成波浪的，而且她是天生金髮。我豎起耳朵注意聽，聽到她正告訴那個小男人，她的胃口一直有變好，而且她一天能夠睡上十四小時。之後我開始注意到她的嘴，它就像是一片玫瑰花瓣，或是顆心，或者是某種小貝殼，它真的很美。然後我就開始想她的樣子，我是說其他部分，妳懂吧？沒有腳的。」他停止說話，在房間裡走了一圈，往上看著他的牆。

「這個意念就像一隻醜陋的蛇一樣進入我的腦袋，盤據在那裡不走。我看著她的頭，在陰暗冷酷的牆襯托下顯得好小好細緻。那就是我第一次吃下的帶罪的蘋果。」

「真的是第一次嗎？」戈林小姐問，她看起來心神不寧，有一會兒迷失在自己的思緒裡。

「從那時候起我全心全意想要得到答案，除此之外的思緒都離開了我的腦袋。」

「在那之前你的思緒又是如何？」戈林小姐有點惡意地問他，他似乎沒聽到她。

「這持續了一段時間——我對她的感覺。在那第一晚之後，我跟貝拉見面，她常來這間餐廳，而我也有在跟瑪麗見面。我跟貝拉漸漸熟了起來，她沒有什麼特別的地方，她喜歡酒，而我實際上時常為她把酒倒下她的喉嚨。她對自己的家庭講得有點太多了，而且也有一點太好。不真的是很宗教性的，是有點太充滿了人的慈悲溫情那一套。我那可怕的好奇心，或者是說慾望一直增長，直到我連跟瑪麗在一起的時候腦袋裡都開始想著，而我無法再跟瑪麗上床了。但她一直對我很好，像隻小羊一樣地耐心。對她來說要承受這些還太年輕了。我就像是一個可怕的老人，或是那些身後有一串梅毒歷史的有名國王中的一個。」

「你有告訴你的愛人這些煩惱你的事情嗎？」戈林小姐問，想要讓他講快一點。

「我沒有告訴她，因為我想要建築物為她留在原處，我想要星星持續在她頭上閃耀，而且不會變成鬥雞眼般的疊影，我要她能夠一直走在公園裡餵食小鳥，讓她能夠遇見其他的好人來挽著她的手。我不要她必須把什麼事情鎖在心裡，透過被釘住的窗子向外看著世界。我不久後就跟貝拉上床了，惹了身梅毒，花掉接下來的兩年才治好。我差不多在那時候開始打保齡球，終於離開我媽的房子跟我的工作，來到這個荒漠。我可以用我在市區貧民窟擁有的一棟建築所得來的一點錢，住在這公寓裡。」

他在戈林小姐對面的一張椅子裡坐下，把臉埋在手心裡。戈林小姐判斷他應該已經說完了，正要跟他道晚安感謝他的招待，他卻從手中抬起臉來又開始說。

「我清楚記得最糟糕的一件事就是，我越來越無法面對我媽。我會整天躲去打保齡球，打到大半夜。到了七月四日，我決定要特別努力去跟她相處一天。下午三點預定會有一個大遊行從我們家窗前經過。快接近那時刻的時候，我站在客廳裡，穿得很正式，而母親則盡可能地坐近窗邊。那是個陽光普照的一天，正適合遊行。遊行隊伍很準時，因為到了兩點四十五分左右，我們就開始聽到遠處傳來微弱的音樂聲。不久後，一些好看的男孩們高舉我們國家的紅、白、藍色的旗幟通過，樂團在演奏著洋基歌(Yankee Doodle)*。突然我用手打自己的臉，我無法看著自己國家的國旗。那時候我終於知道，完全地瞭解到，我恨我自己。從那時候開始，我就接受自己是個卑鄙小人的事實。『卑鄙小市民』是我給自己取的小綽號。在泥巴堆裡你還是能找到點樂子，你知道，如果你讓自己好好坐在裡面，而不是試著四處爬的話。」

「但是，」戈林小姐說，「我相信只要一些努力，你就可以把自己振作起來的。我也不會把那個國旗的故事想得那麼嚴重。」

他沒什麼表情地看著她，「妳講話像個上流社會的女人。」他對她說。

「我是個上流社會女人，」戈林小姐說，「我也很有錢，但我有意地降低我的生活水準。我離開了我可愛的家，搬到一個島上的小房子。那房子狀況很差，而且幾乎沒有花我什麼錢。你對此有何看法？」

「我覺得妳是個笨蛋，」安迪說，而且語調一點也不友善，他陰沉地皺著眉，「根本不該讓妳這種人有錢可花。」

戈林小姐很驚訝聽到他這麼直接地表現怒氣。

「拜託，」她說，「可不可以請你打開窗？」

「如果我這麼做的話，會有一陣可怕的冷風吹進來。」安迪說。

「但是，」戈林小姐說，「我想我寧願那樣。」

「我告訴妳，」安迪說，在他的椅子裡不舒服地動來動去，「我才得了一陣子重感冒，現在我怕死了。」他咬著嘴唇，看起來極度擔心，「如果妳要的話，在妳呼吸新鮮空氣的時候，我可以走到隔壁房間站著。」他加上這句，稍微開心了一點。

「那真是個很棒的主意。」戈林小姐說。

---

*.康乃狄克的州歌。歌詞是一七五五年的法印戰爭時，由一位英國人所寫。原本是拿來取笑那些打扮拙劣、配備貧乏的新英格蘭士兵。然而，與英國對峙的獨立戰爭期間，美國人稍微改寫了歌詞內容，把它拿來取笑英國士兵。

他離開房間，在身後輕輕地關上門。她很高興能有機會呼吸到新鮮空氣。當她打開窗戶後，她將雙手放在窗沿上，探身出窗外。她本來可以更享受這些的，但她知道安迪正在自己的房間裡呆站著，充滿著無聊跟不耐。他仍然讓她有點害怕，同時她又感覺到他是個嚴重負擔。公寓的對面有個加油站，雖然此刻辦公室已經沒有人了，但依然燈火通明。桌子上的一台收音機仍開著，一首民謠在空中飄送。不久臥房門上傳來一陣短暫的輕敲，正是她等著會聽到的。她遺憾地關上窗，沒有聽完那首歌。

「進來，」她對他喊道，「進來吧。」當她看到安迪打開門，身上只穿著襪子跟內褲的時候，嚇了一跳。他看起來並沒有困窘的樣子，反而表現得彷彿他們彼此都心照不宣他會以如此的形象出現。

他帶她走到沙發，要她在身旁坐下，然後用一隻手臂粗魯地摟住她，交叉起雙腿。他的腿非常細，而且總體說來，在脫了衣服之後看起來不怎麼樣。他把臉頰貼到戈林小姐臉上。

「妳覺得妳能讓我快樂一點嗎？」他問她。

「老天，」戈林小姐說，一挺身坐直起來，「我還以為你不是這種人。」

「反正，沒有人真能預知未來。」他瞇起眼睛，想要親她。

「現在，關於那個女人，」她說，「貝拉，沒有手也沒有腳的那個？」

「拜託，親愛的，我們現在別討論她，妳不能幫幫忙嗎？」他的口氣有點輕蔑，但在他的聲音底層卻有股興奮。他說，「現在告訴我妳喜歡什麼，妳知道……我這兩年並沒有完全白白浪費掉，我可有幾樣拿手的絕活。」

戈林小姐看起來非常嚴肅。她很認真地在思考這件事，因為她假設若自己接受了安迪的提議，她會非常難以結束這趟旅行——如果她覺得應該如此安排的話。一直到最近，她都從未讓自己在行動上太過跟隨著她認為是道德上正確的路，她對自己這個弱點很不贊同，但是她在某種程度上夠清醒而開心去自動地保護自己。然而她覺得有點暈醉了，而安迪的提議滿吸引她的。「人必須要承認，人的天性中某種程度的輕忽，才能成就意志無法完成的事情。」她對自己說。

安迪看向臥房的門，他的心情似乎突然改變了，而且有點困惑。「這不表示他不好色。」戈林小姐想。他站起來在房間裡踱來踱去，最後從沙發後面拖出一台老舊的唱機。他花了好些時間撣去上面的灰塵，把一些散落在轉盤四周跟底下的唱針收集起來。當他在這台機器前跪著的時候，他似乎相當地專注於自己正在做的事情，臉上則有一種近乎同情的神情。

「這是台非常老的機器，」他低語，「我在好久、好久以前得到它的。」

這台機器非常小而且極度老舊，而若戈林小姐多愁善感的話，看著它會讓她有些悲傷，然而，她正開始感到不耐煩。

「你說的話我一個字也聽不見。」她用一種不必要的大聲對他叫道。

他沒有回答她，站起身走進自己的房間，當他回來的時候又穿上了浴袍，手裡拿著一張唱片。

「妳會覺得我很傻，」他說，「對一台機器花那麼久的功夫，而我只是想放這張唱片給妳聽。是首進行曲，給妳。」他把唱片交給她，以便讓她能夠讀到這首歌的曲名，還有演奏它的樂團名稱。

「也許，」他說，「妳並不想聽它。很多人不喜歡進行曲式的音樂。」

「不會，請放來聽吧，」戈林小姐說，「我會很高興的，真的。」

他開始播放唱片，然後在離戈林小姐遠遠的一張非常不舒服的椅子邊緣坐下。唱針的雜音太大，播放的進行曲是華盛頓郵報（*Washington Post*）。戈林小姐就像任何一個在安靜的房間裡聽進行曲的人一樣感到不安，而安迪則似乎很享受，在整張唱片播放的時候都用腳跟著打拍子。但等到唱片放完的時候，他困惑的狀態似乎比之前還要嚴重。

「妳想要看看這間公寓嗎？」他問她。

戈林小姐迅速地從沙發上躍起以免他改變心意。

「這間公寓在我之前是一個做衣服的女人的，所以我的臥房有點太娘娘腔。」

她跟著他進入臥室，他的床鋪蓋摺得不好，兩個枕頭套是灰色而皺。在他的梳妝檯上有幾個女孩的照片，全都極度平凡。在戈林小姐看來，她們比較像是常上教堂的年輕女子，而不是單身漢的情婦。

「她們是很好看的女孩吧，對不對？」安迪對戈林小姐說。

「滿可愛的，」她說，「對。」

「這些女孩全都不住在這個鎮，」他說，「她們住在附近的不同鎮上。這裡的女孩都很有警戒心，而且她們不喜歡我這個年紀的單身漢。我不怪她們。心情好的時候，我就帶照片裡的其中一個女孩出去。我甚至會跟她們坐在她們的客廳裡一整晚，她們的父母也在同一間屋子裡。但她們可不太常看到我，我可以跟妳保證。」

戈林小姐越來越迷惑，但卻無法再問他更多問題了，因為她突然感到相當疲憊。

「我想我現在得上路了。」她說，站起來的時候搖晃了一下。她立刻了解到她是多麼地無禮而不仁慈，她看到安迪緊繃起來。他把拳頭塞進口袋中。

「但是，妳現在不能走，」他對她說，「多留一會兒，我可以幫妳弄些咖啡。」

「不，不，我不想要喝咖啡。而且，他們在家也會為我擔心的。」

「他們是誰？」安迪問她。

「阿爾諾和阿爾諾的父親還有簡隆小姐。」

「在我聽來像是可怕的一群傢伙，」他說，「我不能忍受跟那麼多人住在一起。」

「我很喜歡。」戈林小姐說。

他用手抱住她想要親她，但她推開了。「不，我說真的，我真的太累了。」

「好吧，」他說，「好吧。」他的雙眉深鎖，而且看起來極為悲慘。他脫掉浴袍然後上床。他把被單拉到脖子上，雙腳踢蹬著，雙眼瞪著天花板，像是個在發燒的人。在床旁邊的桌子上有一盞小燈亮著，直直照向他的臉，讓戈林小姐能夠看到許多之前她沒注意到的皺紋。她走到床前，俯身到他上方。

「怎麼了？」她問他，「這是個愉快的夜晚，而且我們都需要睡點覺。」

他當著她的面笑她，「妳真是個瘋子，」他對她說，「而且妳根本一點都不了解別人。總之我現在很好。」他把被單拉得更高，躺在那裡發出沈重的呼吸聲。「有一班五點的渡船會在半小時內出發。妳明晚會不會回來？我會在今晚那家酒吧。」

她向他保證隔天晚上會回來，然後在他向她解釋如何去到碼頭之後，她為他把窗子打開然後就離開了。

戈林小姐很蠢地忘了帶鑰匙，所以必須敲門才能進到自己的屋子。她敲了兩下，然後幾乎立即聽到有人跑下樓梯的聲音。在門還沒被打開前，她就可以分辨出是阿爾諾。他穿了一件玫瑰色的睡衣外套跟褲子，吊帶垂下臀部。他的鬍子在這麼短的時間內長了不少，而且看起來比往常更凌亂。

「怎麼了，阿爾諾？」戈林小姐問，「你看起來糟透了。」

「我可過了很糟的一晚，克麗斯汀娜。我剛剛才把『泡泡』送上床睡覺，她為你擔心得要命。實際上，我覺得妳很不為我們著想。」

「誰是『泡泡』？」戈林小姐問他。

「『泡泡』，」他說，「是我給簡隆小姐起的名字。」

「噢，」戈林小姐說，她走進屋子裡坐在暖爐前面。「我搭了渡船回到內陸去，而且變得無法抽身。我也許明晚會再回去。」她加上這句，「雖然我並不真的很想去。」

「我不明白，為什麼妳覺得出去找一個新城市會那麼有趣而有收穫。」阿爾諾說，用手托住臉頰，定定地看著她。

「有一部分的原因是因為，我相信對我來說最難做到的，就是真正地從一件事情轉移到另一件上。」戈林小姐說。

「在精神上，」阿爾諾說，試著用一種更體恤的語氣講話，「我時常會做些小小的旅行，然後每六個月就完全轉換我的心性。」

「這我一點都不相信。」戈林小姐說。

「不，不，是真的。我還可以告訴妳，我覺得實體上從一個地方搬到另一個地方根本是胡來。所有的地方都多多少少地相似。」

戈林小姐對此沒有回答，她用披肩把肩膀包得更緊，而且有那麼一刻真的看起來有些老而且非常悲傷。

阿爾諾開始懷疑他剛剛講的話的有效性，而且立刻決定隔晚他要跟戈林小姐做完全一樣的旅行。他繃起下巴，從口袋裡掏出一本筆記本。

「現在，妳可以告訴我如何去內陸的細節嗎？」阿爾諾說，「火車幾點離開，還有其他的。」

「你為什麼問？」戈林小姐說。

「因為明天晚上我要親自去那裡，我想妳現在應該已經猜到會這樣的。」

「不，從你剛才跟我講的話來判斷，我猜不到。」

「我是那樣子講，」阿爾諾說，「但是在表面下，我真的是跟妳一樣的瘋子。」

「我想見你父親。」戈林小姐對他說。

「我想他在睡覺，我希望他會回復理智然後回家去。」阿爾諾說。

「但是，我想的正好相反，」戈林小姐說，「我很被他吸引。讓我們上樓去他的房間。」

他們一起上樓，簡隆小姐走出來在樓梯口跟他們相遇。她的眼睛都腫著，而且穿著一件厚厚的羊毛浴袍。

她開始用一種因為睡覺而低沉的聲音跟戈林小姐講話，「只要再來一次，那就是妳最後一次看到露西．簡隆了。」

「『泡泡』，」阿爾諾說，「要記得，這並不是一個平常的家，妳得對同住人的一些怪癖有些心理準備。妳看，我把我們全都稱為同住的人呢。」

「阿爾諾，」簡隆小姐說，「你別又來了，你明知今天下午我說對於你胡說八道的看法。」

「拜託，露西。」阿爾諾說。

「來，來，我們走，去偷瞧一下阿爾諾的父親。」戈林小姐建議道。

簡隆小姐跟著他們，只是為了要繼續訓誡阿爾諾，她低聲地行進著。戈林小姐把門拉開，房間很冷，然後她才發現室外已經亮起來了。當她跟阿爾諾在客廳講話的時候，天就已經亮了，但因為屋外有濃密的樹林，所以那裡幾乎總是很暗。

阿爾諾的父親仰躺睡著，面容寧靜，規律地呼吸著而沒有打鼾。戈林小姐推了他的肩膀幾下。

「這房子裡的秩序，」簡隆小姐說，「簡直跟罪犯的差不多。現在妳要在剛破曉的時候把一個需要睡眠的老人叫醒。要我站在這裡看著妳所變成的樣子真是讓我戰慄，克莉絲汀娜。」

最後阿爾諾的父親醒了，並且花了一會兒才搞清楚發生了什麼事。但當他搞清楚的時候，他支起手肘，用一種非常輕快的方式對戈林小姐說話。

「早安，馬可波羅夫人，妳從東方帶回了什麼美麗的寶藏啊？我真高興看到妳，如果有地方是妳想跟我一起去的，我隨時奉陪。」他咚地一聲倒回枕頭上。

戈林小姐說她待會兒再來看他，現在她非常地需要休息。她們走出房間，而在她們關上房門之前，阿爾諾的父親就已經又睡著了。到了樓梯口，簡隆小姐開始哭，把臉埋在戈林小姐的肩頭好一會兒。戈林小姐緊緊地抱著她，求她不要哭，然後給阿爾諾和簡隆小姐各一個晚安吻。她回到房間，有一下子她被一陣恐怖所侵襲，但不久後就沉沉地睡著了。

*

隔天下午約五點半的時候，戈林小姐宣布她當晚想要再回到內陸去。簡隆小姐正站著縫補阿爾諾的一隻襪子，她穿得比平常習慣的還要漂亮，在洋裝的領口圍了一圈羽毛，臉頰上則塗了不少的腮紅。老人則是坐在角落的一張大椅子上讀著朗費羅（Longfellow）的詩，有時候大聲唸出來，有時則輕聲低語。阿爾諾還是與昨晚同樣的打扮，只不過在睡衣上頭多套了一件毛衣。毛衣正面有一大片的咖啡漬，還有煙灰散落在他的胸前。他半睡半醒地躺在沙發上。
「妳想再回去那兒的話就得跨過我的屍體。」簡隆小姐說，「現在，我拜託妳，克莉絲汀娜，清醒過來，讓我們大家一起度過一個愉快的夜晚。」
戈林小姐嘆口氣，「沒有我，妳還是可以跟阿爾諾一起有個非常愉快的夜晚。很抱歉，我很想留下來，但是我真的覺得我必須去。」
「妳那些難懂的話讓我快瘋掉，」簡隆小姐說，「如果妳的家人有在這裡的話就好了！我們為何不叫台計程車，」她抱著希望說，「然後到城裡去？我們可以吃些中國料理，然後去劇院，不然就看電影——如果妳還是想省錢的話。」
「為什麼不妳跟阿爾諾一起去城裡，吃點中國料理然後去劇院呢？我會很樂意請妳們的，但恐怕我無法陪你們去。」
阿爾諾越來越被戈林小姐打發他的輕鬆所惹惱，她的態度也讓他有一種比她低下的差勁感覺。
「很抱歉，克莉絲汀娜，」他從他所在的沙發上說，「但我並不想吃中國食物。我也一直在計畫著一趟輕裝旅行，要到島對面的內陸去，什麼事都不能阻止我。我希望妳能跟我一起去，露西。實際上，我看不出為什麼我們不大家一起去。克莉絲汀娜也實在沒有必要把這趟去內陸的小遠足弄得神經兮兮的，事實上根本沒有這麼嚴重。」

「阿爾諾！」簡隆小姐對他大叫，「你也瘋了，而且如果你以為我會像隻無頭蒼蠅一樣跑去搭火車坐渡船，只為了去一個破地方，你更是加倍的瘋了。反正，我聽說過那是個亂七八糟的小鎮，又恐怖又沒有任何有趣的地方可言。」

「無論如何，」阿爾諾說，坐起來把兩隻腳放到地上，「我今晚要去。」

「那樣的話，」阿爾諾的父親說，「我也要去。」

他們要去讓戈林小姐偷偷地感到高興，而她也沒有勇氣去制止他們，雖然她覺得自己其實應該那麼做才對。在她的眼裡，她的小旅行會因為他們的隨行而多少失去了任何的道德價值，但她是這麼的開心，以致於她說服自己也許就讓他們這一次吧。

「妳還是跟我們一起去比較好，露西，」阿爾諾說，「不然妳就得自己一個人待在這裡。」

「完全沒關係，親愛的，」露西說，「最後我會是那個唯一全身而退的人，而且，也許沒有你們任何一個人在，我還比較快樂。」

阿爾諾的父親用嘴巴發出了一個侮辱人的聲音，於是簡隆小姐就離開了房間。

這次小火車擠滿了人，還有好幾個男孩在走道上走來走去賣著糖跟水果。那是個奇怪地暖和的日子，下了短暫的一陣雨，是那種夏天常有、秋天則很少見的雨。

太陽剛要下山，而那場陣雨停了之後，留下一道美麗的彩虹，只有坐在火車左側的人才能夠看得到。不過，大部分坐在右側的乘客現在都往比較幸運的這側靠過來，因此也都能對彩虹飽覽一番。

許多女人大聲地告訴朋友她們能分辨得出來的顏色，火車上所有的人似乎都很開心，除了阿爾諾以外。他已經把義正詞嚴的話說出口了，現在感到極度地沮喪，一部分原因是他必須離開他的沙發，就為了一個將會是很無聊的夜晚，而一部分也是因為，他非常懷疑自己是否能夠跟簡隆小姐和好，因為他滿確定她是那種會生氣好幾個禮拜的人。

「噢，我覺得這真是非常、非常地令人開心，」戈林小姐說，「這彩虹，這夕陽，跟這些像喜鵲一樣吱吱喳喳講著話的人們。你不覺得這很令人開心嗎？」戈林小姐對阿爾諾的父親說道。

「噢，是的，」他說，「這是張真正的魔毯。」

戈林小姐檢視著他的臉，因為他的聲音在她聽起來有點悲傷。而的確，他看起來有些不安，不停地看著乘客們，扯著自己的領帶。

他們終於離開了火車坐上渡船。他們全都站在船首，就像戈林小姐前一晚所做的一樣。這回當渡船抵達岸邊的時候，戈林小姐往上看，卻看不到任何一個人走下小丘。

「通常，」她對他們說，忘了自己也只來過這裡一次而已，「這個小丘會充滿人潮，我實在想不出今晚他們是怎麼了。」

「這是個很陡的小丘，」阿爾諾的父親說，「難道除了爬坡，沒有其他的路可以到鎮上嗎？」

「我不知道。」戈林小姐說。她看著他，注意到他的袖子對他來說太長了。實際上，他的外套差不多大了半號。

如果小丘上沒有上下船的人，就是大街上充滿了人潮。電影院燈火通明，售票口前排了一長列的隊伍。很明顯剛發生一場火災，因為有三輛紅色消防車停在離電影院幾條街外路的一側。戈林小姐判斷應該沒有什麼大礙，因為她沒看到煙的痕跡或是焦黑的建築物。反而，消防車增加了街上的活絡氣氛，因為很多年輕人聚集在它們周圍，跟留在車上的消防隊員說笑。阿爾諾以一種堅定的步伐走著，小心地檢視著街上的一切，並假裝非常沉浸在自己對這個鎮的感想當中。

「我知道妳的意思了，」他對戈林小姐說，「這真是絢麗。」

「什麼東西絢麗？」戈林小姐問他。

「這一切。」突然阿爾諾停下來站住，「噢，看，克莉絲汀娜，多麼美麗的景象！」他讓他們停在兩棟建築中間的一大片空地前，這片空地被改建成一座全新的籃球場。球場很簡潔地鋪著灰色的瀝青，四盞朝向球手跟籃框的大燈照得通明。球場的一邊有一個售票室，想參賽的人可以在那裡付錢去球場打一個小時的球。在打球的大部分是小男孩。有幾個穿著制服的男人在那兒，阿爾諾判斷他們應該是為球場工作的人，當買票進場的參賽者人數不足以湊成兩隊的時候，他們就進場去湊足人數。阿爾諾高興地漲紅了臉。

「聽著，克莉絲汀娜，」他說，「我下場試試身手的時妳自己去走走，我晚點會去找妳跟爸。」

她告訴他那間酒吧的位置，但是她感覺到阿爾諾沒怎麼在聽她說話。她跟阿爾諾的父親站了一會兒，兩人看著阿爾諾衝到售票室，急忙地把零錢推進售票窗口。他立刻就到了球場上，穿著外套跑來跑去，雙手張開跳到空中。一個穿制服的男人很快退出球賽以便把位置讓給阿爾諾，但他現在正拼命地吸引阿爾諾的注意力，因為阿爾諾在售票室太過匆忙，以致於售票員根本還來不及把球員們用以分辨隊友的彩色臂章拿給他。

「我覺得，」戈林小姐說，「我們還是走吧。我想阿爾諾很快會跟上我們的。」

他們走下大街，阿爾諾的父親在酒吧的門前猶豫了一下。

「這裡都來些什麼樣的人？」他問她。

「噢，」戈林小姐說，「各種人，我想。有錢人跟窮人，工人跟銀行家，罪犯跟侏儒。」

「侏儒。」阿爾諾的父親不太自在地重複道。

他們一走進去，戈林小姐就看到了安迪。他坐在離吧台較遠的那端喝著酒，帽子拉下蓋到一隻眼睛上。戈林小姐急忙地把阿爾諾的父親安置到一個包廂裡。

「把你的外套脫掉，」她說，「然後跟吧台後面那個人點一杯酒來喝。」

她走到安迪面前，向他伸出手。他看起來非常粗鄙而傲慢。

「哈囉，」他說，「妳決定再來內陸一次？」

「怎麼這麼問，當然是的，」戈林小姐說，「我告訴過你我會來的。」

「唔，」安迪說，「但這幾年來的教訓告訴我，別把那些當真。」

戈林小姐覺得有點困窘，他們沈默地並肩站了一會兒。

「抱歉，」安迪說，「但我沒什麼可以讓我們度過今晚的好建議。鎮上只有一間電影院，而且他們今晚放的電影很差。」他為自己再點了一杯酒，一口灌下去。然後慢慢轉著收音機的調頻鈕，直到他找到一首探戈。

「我可以跟妳這支跳舞嗎？」他問，看起來高興了一點。

戈林小姐點點頭。

他挺直地抱著她，而且抱得很緊，讓她被迫採取一個極度怪異又不舒服的姿勢。他帶著她舞到房間的一個遠處角落。

「那麼，」他說，「妳要試著讓我快樂嗎？因為我沒有時間可以浪費。」他把她推得離自己遠遠的，站得很直地面對她，雙手垂在身體兩側。

「請往後站遠一點，」他說，「仔細地看著妳的男人，然後說妳是否要他。」

戈林小姐看不出來除了說是之外，她還能說什麼。他現在頭歪向一邊站著，看起來非常像是人們在照相時努力不眨眼的樣子。

「很好，」戈林小姐說，「我的確想要你成為我的男人。」她甜蜜地對他微笑，但她沒有很仔細地思考自己說的話。

他對她伸出手，然後他們繼續跳舞。他非常驕傲地將視線越過她頭上，微微地笑著。當他們把舞跳完，戈林小姐突然一陣心痛地想起，阿爾諾的父親一直都孤獨地坐在包廂裡。她甚至加倍地感到抱歉，因為自從他們上了火車之後，他似乎更加悲傷與蒼老，讓他一點都不像在島上房子裡那幾天的那個輕快又脫離正軌的男人，或甚至是他們見面第一晚時，戈林小姐所以為的那個狂熱的紳士。

「我的天，我必須介紹你認識阿爾諾的父親，」她對安迪說，「跟我來。」

當她到了包廂的時候，她感到更加地良心不安，因為阿爾諾的父親就坐在那裡，沒有點任何東西。

「怎麼了？」戈林小姐問，她的聲音高揚在空中，像個亢奮的母親，「你為什麼不點些東西喝？」

阿爾諾的父親小心翼翼地看著四周，「我不知道，」他說，「我並不覺得想喝。」

她介紹兩個男人互相認識，然後一起坐下。阿爾諾的父親非常禮貌地問安迪是否住在鎮上，在做什麼工作。對話中，他們發現雙方不只在同個鎮上出生，而且雖然年齡不同，卻曾在同時間住在那裡，而又從未謀面。安迪不像大部分人，並未因為有此共通點而變得比較熱絡。

「對，」他懶懶地回答阿爾諾父親的問題，「我的確在一九二〇年時住在那裡。」

「所以，」阿爾諾的父親說，坐直了一點，「所以你一定跟麥克連家很熟，他們就住在山丘頂。他們家有七個小孩：五個女孩兩個男孩。而且你一定記得，他們全都有著嚇死人的亮紅色頭髮。」

「我不認識他們。」安迪靜靜地說，臉開始變紅。

「那就奇怪了，」阿爾諾的父親說，「那你一定認識文森・康納利，彼得・傑克森，還有羅勃特・布爾。」

「不，」安迪說，「不，我不認識。」他的好心情似乎已經完全消失了。

「他們，」阿爾諾的父親說，「控制著鎮上的主要經濟。」他小心地檢視著安迪的臉。

安迪再搖了一次頭，然後就看向別處了。

「瑞斗頓？」阿爾諾的父親突兀地問他。

「什麼？」安迪說。

「瑞斗頓，銀行的總裁。」

「不太曉得。」安迪說。

阿爾諾的父親倒回椅子裡然後嘆了口氣。「你住在哪裡？」他終於問安迪。

「我住在，」安迪說，「議會街跟拜德大道交叉的路底。」

「在他們開始拆除那裡之前，那一帶可真糟，不是嗎？」阿爾諾的父親說，眼裡充滿了回憶。

安迪粗魯地把桌子推到一旁，快步走到吧台去。

「在這個繁榮的鎮上，他竟然連一個規矩的人都不認識。」阿爾諾的父親說，「議會街跟拜德大道區是——」

「拜託，」戈林小姐說，「你侮辱了他，真是不必要，因為你們兩個其實都不在乎那種事！你們兩個人腦袋是跑進了什麼卑鄙的小魔鬼？」

「我不覺得他的態度很好，而且他可不是那種我以為妳會想在一起的男人。」

戈林小姐有點氣阿爾諾的父親，但是她沒有對他說什麼，而到安迪那裡去安撫他。

「請別在意他，」她說，「他其實是個令人開心的老傢伙，而且很詩意。但因為就在過去這幾天，他經歷了一些生命中激烈的改變，而我想他現在正處於壓力之下。」

「他詩意？」安迪劈頭對她說，「他是隻自大的老猴子，就只是那樣。」安迪真的非常生氣。

「不，」戈林小姐說，「他不是一隻自大的老猴子。」

安迪把酒喝光，然後雙手插在口袋裡大剌剌地走到阿爾諾的父親那裡。

「你是隻自大的老猴子！」他對他說，「一隻沒用又自大的老猴子！」

阿爾諾的父親眼睛低垂著離開了座位，走向門口。

戈林小姐聽到了安迪所說的話，匆忙追過去。但當她經過安迪旁邊時，對他耳語說自己會再回來。

他們到了外面，一起靠著一根路燈的柱子。戈林小姐可以看到阿爾諾的父親在顫抖。

「我這輩子從來沒遇到過這種野蠻無禮。」他說，「那個人比貧民窟的小狗還糟。」

「不過，若是我就不會太在意，」戈林小姐說，「他只是脾氣不好。」

「脾氣不好？」阿爾諾的父親說，「他就像那些穿著廉價的畜生，在現代世界裡越來越多。」

「噢，拜託，」戈林小姐說，「才沒有那樣。」

阿爾諾的父親看著戈林小姐，她的臉在這晚看起來非常可愛。他帶著遺憾嘆了口氣。「我想，」他說，「妳一定以妳的方式對我深深感到失望。妳能夠在妳心裡找到對他的尊敬，在那同一顆心裡卻無法找到對我的。人性難解而美麗，但是請記得，我，作為一個比妳年老的人，懂得去辨識出一些不會有錯的徵象。我不會太過信任那個男人。我愛妳，我親愛的，真心地，妳知道。」

戈林小姐沉默地站著。

「妳是我很親的人。」過了一會兒他說，捏捏她的手。

「那麼，」她說，「你想要走回酒吧去，還是你覺得已經受夠了？」

「我是百分之百不會再回去那間酒吧了，一點都不想。我想我最好離開，妳不會跟我走吧，會嗎？我親愛的？」

「我真的很抱歉，」戈林小姐說，「但很不幸，那是我之前就做過的承諾。你要我跟你走去籃球場嗎？也許阿爾諾此時已經對他的球賽感到厭倦了。如果還沒，你可以坐下然後看他們打球一陣子。」

「好的，妳真是太仁慈了。」阿爾諾的父親用那麼傷心的聲音說著，幾乎讓戈林小姐心碎。

不一會兒他們就抵達了籃球場。情況有相當大的改變，大部分的小男孩都退下了球場，許多的年輕男女取代了他們和原本是由球場看守們填補的位置。女人們一邊尖叫一邊大笑著，還有好一堆人聚集在那看著打球的人。戈林小姐跟阿爾諾的父親在那裡站了一會兒之後，發現造成最多笑鬧的正是阿爾諾。他已經脫下了外套跟毛衣，而且讓人驚訝的是，他裡面仍然穿著睡衣。他把睡衣拉出褲子外，使得他看起來更加可笑。他們看到他抓著球跑過球場，像隻獅子一樣地吼著。然而當他到達一個有利的位置的時候，他並沒有把球傳給隊友，反而把球丟在腳下，然後像隻山羊般地用頭去衝撞一名對手的腹部。群眾都哄堂大笑，那些守衛更是特別開心，因為在晚上的無聊反覆工作中，這可是個有趣而且不常見的小插曲。他們全部站成一排，都笑開了。

「我去看看能不能找張椅子來給你坐。」戈林小姐說。她一會兒後就走回來，領著阿爾諾的父親到一張摺疊椅處，那是一個守衛幫忙擺的，就在售票室的外面。阿爾諾的父親坐下來，打了一個呵欠。

「再見，」戈林小姐說，「再見，親愛的，在這裡等阿爾諾把球打完。」

「可是等一下，」阿爾諾的父親說，「妳什麼時候會回到島上來？」

「我可能不會回去，」她說，「短時間內可能不會了。但我確定箇隆小姐會收到足夠的錢來打理房子跟食物。」

「但我必須要見妳，這可不是一個很人性化的離去方式。」

「那麼，請跟我來一下。」戈林小姐說，牽起他的手，艱難地拉他穿越群眾，走到人行道旁。

阿爾諾的父親堅定地抗議說即使給他一百萬他也不會再回去那間酒吧。

「我不是要帶你回去酒吧，不要傻了。」她說，「現在，你看到對街那間冰淇淋店了嗎？」她指向一間幾乎就在他們正對面的白色小店。「如果我沒有回去，而這是很可能的，你能夠在週日早上跟我在那兒碰面嗎？那會是在八天後，早上十一點。」

「我會在八天後到那裡。」阿爾諾的父親說。

*

那晚當她跟安迪回到他的公寓時，她注意到沙發旁邊的桌子上有三枝長莖玫瑰。

「這是怎麼回事，這些花真美！」她驚呼道，「這讓我想到，我母親曾經有個蔓延好幾哩、美麗極了的花園圍繞著她。她的玫瑰花得了好多獎。」

「雖然，」安迪說，「我的家族中沒有一個人曾用玫瑰花得獎過，但我買這些花是為了萬一妳會過來。」

「我好感動。」戈林小姐說。

*

戈林小姐跟安迪同居了八天。他仍然相當神經質而緊繃，但整體說來似乎樂觀多了。讓戈林小姐感到驚訝的是，他第二天就開始談到關於在這個鎮上做生意的可能性；同時也讓她相當訝異的是，他知道社區裡幾個高階家庭的名字，更甚者，他還知道他們一些私人生活的細節。週六晚上，他對戈林小姐宣布，他隔天想要跟貝樂梅先生、史來格爾先生，還有達克提先生開會談生意。這些男人掌握著不只是這個鎮上，還有鄰近幾個鎮的大部分房地產生意。除了這些投資之外，他們也在附近的鄉間擁有好幾個農場。他極為興奮地告訴她自己的計畫，主要是關於想要賣掉一些他在市區擁有的建築物，已經有些人開價了，而他想拿這些錢去投資一些他們的生意。

「他們是鎮上最聰明的三個人了，」他說，「但他們完全不是幫派分子，而是從這裡最優秀的家庭出身。我覺得妳也可以考慮看看。」

「那種事情引不起我半點興趣。」戈林小姐說。

「自然，我也不期待那會讓妳或是我覺得有趣，」安迪說，「但是除非我們就是想要表現得像瘋小孩，或是逃走的神經病，或者那一類的人。否則我們得承認，我們居住在這個世界上。」

好幾天來，戈林小姐已經很清楚安迪不再覺得自己一無是處。如果她對於改造她的朋友有興趣的話，這會讓她非常地高興，但很不幸地，她只對於如何順著該走的路途以得到自己的救贖有興趣而已。她喜歡安迪，但是在過去這兩晚她都察覺到想離開他的渴望。其中很大的原因在於：一個不熟悉的人開始時常造訪酒吧。

這個新來者幾乎像隻長毛象一樣大。這兩次看到他時，他都穿著一件巨大的黑色長大衣，剪裁精緻而且明顯地是用很昂貴的布料。她只稍微地瞥見過他的臉一兩次，但她所看到的讓她如此地害怕，以致於兩天來她都幾乎無法思考別的事情。

他們注意到，這個男人開著一輛非常漂亮的大車；那車子與其說像是私家轎車，更像是輛靈柩車。有一天，當他在酒吧裡面喝酒的時候，戈林小姐過去細看那台車，發現它幾乎是全新的。她跟安迪往車窗裡面看，然後有點驚訝地發現車子地板上堆著許多髒衣服。戈林小姐現在滿腦子都在想著，要採取怎樣的行動才能令這個新來者願意要她當他一段時間的情婦。她幾乎已經肯定他願意，因為有幾次她發現到他以某種方式看著她，而她已經學會了解那是什麼。她唯一的希望就是他在她能夠接近他之前消失掉。倘若如此，那麼她就可以被免除這個任務而能跟安迪一起多消磨些時間。安迪現在是如此地缺乏邪惡，以致於她開始像對待弟弟一樣地跟他為一些小事吵嘴。

星期天早上，戈林小姐醒來發現安迪穿著正式襯衫，正在撢著客廳的幾張小桌上的灰塵。

「怎麼了？」她問他，「你幹嘛像個新娘一樣忙來忙去的？」

「妳不記得了嗎？」他問，看起來頗受傷，「今天是個大日子——開會的日子。他們會光鮮亮麗而且早早地來到這裡，三個都會來。他們過得像知更鳥，這些生意人。妳能不能，」他問她，「妳能不能做點什麼讓這個地方看起來漂亮一點？他們都有老婆，他們雖然沒法告訴妳他們客廳裡有些什麼鬼東西，但他們的老婆們都會花很多的錢在各種小裝飾品上，他們可能已經習慣看到些雜七雜八的裝飾了。」

「可是，這間房間太糟了，安迪，我不覺得有任何東西能讓它變好點。」

「對，我想這是個滿差的房間，我以前從來不太注意。」安迪穿上一套深藍色的西裝，把頭髮梳得非常整齊，還抹上一點亮髮油。然後他在客廳裡踱來踱去，雙手插在臀部口袋裡。陽光從窗口大量流洩進來，暖氣機在把房間弄得過熱的同時發出陣陣惱人的嗡嗡聲，一如戈林小姐來此之後的常態。

貝樂梅先生，史來格爾先生，還有達克提先生收到安迪的邀請函，正在爬上樓梯的途中。他們接受這個邀請半是出於好奇，半是出於一個不應該讓任何機會溜走的老習慣，而非他們真的相信這趟拜訪會有所收穫。當他們聞到大廳傳來的可怕廉價食物的氣味時，他們把手捂在嘴上以免笑得太大聲，而且表演了一下想要再走回樓梯的嘲弄小默劇。然而他們其實不真的太在乎這些，因為這是個星期天，他們比較想跟彼此混在一起，而非家人，所以他們還是敲了安迪家的門。安迪很快地抹乾了汗涔涔的手，跑過去開門。他站在門口，用力跟每一個人握了握手，然後請他們進來。

「我是安德魯．麥克連，」他對他們說，「很可惜我們之前沒見過面。」他引導他們進房間，然後三人立刻發現到那裡熱得不得了。三個人當中最積極的達克提先生轉向安迪。

「你可以把窗戶打開嗎？老兄？」他大聲地說道，「這裡熱到可以煮東西了。」

「噢，」安迪臉紅地說道，「我應該早點想到的。」他走過去把窗戶打開。

「你怎麼受得了呢，老兄？」達克提先生說，「你想在這兒孵什麼嗎？」

三個男人在沙發附近圍成一圈站著，掏出些雪茄來，他們一起檢視著然後討論了一會兒。

「我們當中兩個人要坐在這張沙發上，老兄，」達克提先生說，「史來格爾先生可以坐在這裡的小扶手椅裡。那你要坐哪裡呢？」

達克提先生幾乎立刻就決定安迪是個完全的傻蛋，然後開始自己當家做主起來。這是如此出乎安迪意料之外，使得他站在那裡瞪著三個男人，一句話都沒說。

「來吧，」達克提先生說，從房間角落拿了一張椅子過來，放在沙發附近，「來吧，你坐這裡。」

安迪默默地坐下，玩著自己的手指。

「告訴我，」貝樂梅先生說，他說起話來比其他兩人稍微溫和而有風度，「告訴我你在這裡住了多久？」

「我在這裡住了兩年。」安迪沒什麼精神地說。

三個人對此思考了一下。

「那麼，」貝樂梅先生說，「再告訴我們你在這三年都做了什麼事？」

「是兩年。」安迪說。

安迪本來準備了一個滿長的故事，因為他猜想他們可能會問他不少個人生活的問題，以確定他們在跟什麼樣的人打交道。而他本來決定，跟他們承認他兩年來什麼事情都沒做不是一個聰明的舉動。不過，他原本也想像這次會議會是以一種更友善的方式進行的，他以為這些人會很高興能找到一位願意把一點錢投入他們的事業的人，而且會急切地相信他是一個正直而努力工作的市民。但是現在，他卻感覺到自己在被交叉訊問著，而且被當成了一個笨蛋。他幾乎無法克制自己想衝出房間的慾望。

「什麼都沒做，」他說，迴避著他們的眼睛，「什麼都沒做。」

「我總是很驚訝，」貝樂梅先生說，「人怎麼會有閒暇時間——意思是說，如果他們有比實際需要還多的閒暇時間。現在我想說的是，我們的生意已經經營了三十二年，當中沒有一天是沒有十三、四件事情等著我去做的。這或許在你看來有點誇大，甚至是非常誇大，但這並非誇大，而是真的。首先我親自去看每間列在清單上的屋子，我檢查配線，排水管路，還有其他種種。我了解這間房子是否維持在很好的狀態，而且我也在各種天氣去看它，以確認它在暴風雨或暴風雪中的狀況。我知道清單上每間屋子到底需要多少煤炭才有暖氣；我親自跟每位客戶談，而且我試著去影響他們對屋子所提出的價碼高低，無論他們是想要買還是賣。比如說，因為我能夠跟市場上的價格做比較，所以如果我知道他們提出的價格太高，我就會試著說服他們稍微降低一點以接近行情。如果是另一種狀況，那我就知道他們是在欺騙自己……」

其他的兩個人開始覺得有點無聊。可以輕易地看出貝樂梅先生是三個人當中最不重要的一個，雖然他很可能是那個完成所有瑣碎業務的人。史來格爾先生打斷他。

「總之，夥伴，」他對安迪說，「告訴我們到底情況是怎麼樣。你在信裡提到你有些建議是對我們有利的，對你當然也是。」

安迪從椅子裡站起來，現在這幾個男人很清楚地了解到他正在一種極度緊繃的狀態，所以他們也更加戒備。

「你們為何不改天再來？」安迪說得很快，「那時我會把事情想得更清楚。」

「慢慢來，慢慢來，老兄，」達克提先生說，「現在我們都在這裡，實在沒有理由我們不能立刻就把事情談一談。我們並不住在鎮上，你知道。我們住在二十分鐘路程外的『好景』。實際上，我們親手開發了『好景』。」

「好吧，」安迪說，走回來坐在他的椅子的邊緣，「我有一點房地產。」

「在哪裡？」達克提先生說。

「那是一整棟建築，在城裡，下半部，接近碼頭。」他把街名告訴達克提先生，然後坐著咬著自己的嘴唇。達克提先生什麼都沒說。

「你知道，」安迪繼續說，「我想我可以把這棟建築的所有權讓給貴公司，交換在你們生意中的投資權——至少能夠在公司工作，然後獲得我所該得的股份。自然，我不會想立刻跟你們有同樣的權利，但若你們有興趣的話我可以稍後跟你們談細節。」

達克提先生閉上眼睛，過了一會兒後他對著史來格爾先生講話。

「我曉得他說的那條街。」他說，史來格爾先生搖了搖頭然後做了一個鬼臉。安迪看著自己的鞋子。

「有好長一段時間，」達克提先生說，仍然對著史來格爾先生講話，「有好長一段時間，那一區的房子拖累了整個市場，就算在貧民窟當中它們仍算是很差的，任何一間房子的利潤都只夠全身而退而已。那是因為，史來格爾，就像你記得的，那裡沒有任何像樣的運輸系統，而且還被魚市場包圍。」

「除此之外，」達克提先生繼續說，轉向安迪，「在我們的綱領上，有一條明載著禁止再雇新人，除非在非常嚴格的薪資限制之下。而且，朋友，還有一條像我手臂那麼長的名單上是等著要來我們辦公室工作的人——萬一有名額的話。他們的舌頭都吐在外面等著我們提供的任何工作機會。還有很好的年輕人——大多數都是剛大學畢業出來的——喊著要工作，要把他們所學的每一招現代行銷手法用出來。我個人認識他們其中一些人的家族，而我對於自己無法在職責之外幫這些小夥子們感到抱歉。」

就在此時，戈林小姐快速地跑過房間，「我已經比跟阿爾諾的父親約見面的時間晚了一、兩個小時了。」當她走出門口的時候一面回頭大喊，「晚點見。」

安迪已經站起來，面向窗戶背對著那三個男人，他的肩胛骨抖動著。

「那是你的妻子嗎？」達克提先生朝他喊道。

安迪沒有回答，但是幾秒鐘後達克提先生重複了一遍他的問題，主要是因為他懷疑那不是安迪的妻子，他很急切地想知道是否自己猜對了。他用自己的腳踢了史來格爾先生的一下，然後他們互相眨了眨眼。

「不是，」安迪說，轉過身來露出他像火一樣通紅的臉。「不是，她不是我的妻子，她是我的女朋友，她已經在這裡跟我住了快要一個禮拜，還有什麼是你們這些人想知道的？」

「嘿，聽著，老兄，」達克提先生說，「沒有什麼好激動的。她是個非常漂亮的女人，很漂亮。而若你對於我們在生意上的小談話感到不高興的話，那也實在沒有什麼必要。我們清楚地向你解釋了每件事情，就像三個好兄弟。」安迪看向窗外。

「你知道，」達克提先生說，「有其他的工作是你可以找到的，而且也更適合你跟你的背景，最後也會讓你更快樂。你可以問問你的女朋友是不是這樣。」安迪仍然沒有回答他們。

「還有其他的工作。」達克提先生冒險又說了一遍，但因為安迪還是沒有任何回應，他聳聳肩，從沙發上艱困地站起來，然後拉直他的背心跟外套。其餘兩人也這麼做，然後他們三個人禮貌地對著安迪的背道再見，離開了房間。

*

當戈林小姐終於跑進冰淇淋店的時候，阿爾諾的父親已經在那裡坐了一個半小時。他看起來全然地孤獨無助。他完全沒想到要買本雜誌來看，而冰淇淋店裡也沒有人可看，因為現在還是早上，到下午以前很少人會走進來。

「噢，我親愛的，我真是太抱歉了。」戈林小姐說，將他的雙手握在自己手中，按著她的嘴唇。他戴著一雙羊毛手套，「這手套真讓我想起我的童年。」戈林小姐繼續說。

「這幾天我都覺得冷，」阿爾諾的父親說，「所以簡隆小姐到市區幫我買了這個。」

「那麼，一切都還好嗎？」

「我等一下會全都告訴妳，」阿爾諾的父親說，「但我想知道妳好不好，我親愛的女人，還有妳是不是想要回到島上來。」

「我——我想不會，」戈林小姐說，「會有很長的一段時間都不會了。」

「那麼，我得告訴你，我們的生活中發生了許多變化。我希望妳不會認為它們太劇烈，或突然，或革命性，或者什麼其他的。」

戈林小姐不置可否地微微笑了一下。

「妳知道，」他繼續說，「在過去這幾天來，屋子裡變得越來越冷，簡隆小姐打噴嚏打得實在太嚴重了——我必須承認。還有，如妳所知，她從一開始就在那裡鬼迷心竅地測試著那些老舊的烹飪用具。阿爾諾只要有東西吃的話對什麼都不太會計較，但最近簡隆小姐卻一直拒絕踏進廚房。」

「這些事情到底造成什麼結果？請快點告訴我。」戈林小姐催促他道。

「抱歉，我就是這個速度了。」阿爾諾的父親說。「隔天，阿爾諾學生時代的一個老朋友，阿德蕾・韋曼，跟他約在市區見面，然後他們一起喝了杯咖啡。他們談話時，阿德蕾提到她住在島上一間足夠住兩家人的房子裡，而且她很喜歡那兒，但是她非常擔心到底誰會搬進另外一半的屋子裡。」

「那麼，我是不是可以推想他們已經搬進了那個屋子而且住在那兒了？」

「他們搬進了那間屋子，直到妳回來。」阿爾諾的父親說，「還好，妳原來的小房子並沒有立租約，所以既然是月底了，他們覺得可以搬出去。簡隆小姐不曉得妳會不會把租金支票寄到新的屋子那兒，阿爾諾自願付兩邊租金的差價，那只有一點點。」

「不，不，沒有必要那麼做。除此之外還有什麼新發生的事情嗎？」戈林小姐說。

「嗯，也許妳會有興趣知道，」阿爾諾的父親說，「我決定回到我妻子還有原來的房子那邊。」

「為什麼？」戈林小姐問。

「一些情況的總和，比如實際上我已經老了而且想回家了。」

「噢，我的天，」戈林小姐說，「看到事情這樣子分崩離析真是可惜，不是嗎？」

「是的，親愛的，是很可惜。但我來此除了因為我愛妳而且想跟妳說聲再見之外，還想請妳幫我一個忙。」

「我願意為你做任何事情，」戈林小姐說，「任何我能夠做到的。」

「嗯……」阿爾諾的父親說，「我想請妳看一遍這封我寫給妻子的信，我想寄給她，然後在隔天回到我的房子。」

「當然。」戈林小姐說，她注意到阿爾諾的父親面前的桌子上有個信封，她把它拿起來。

親愛的艾絲爾（她讀著），

我希望妳能夠帶著妳所擁有的強烈愛心與同情心讀這封信。

我只能說，在每個男人的生命中，都有一股強烈的渴望想要把自己的生活丟下一陣子，然後去找尋一個新的。如果他住在海的附近，那就會是個強烈的渴望要搭上下一艘船航行而去，不管他的家庭有多快樂，或者他是怎樣地愛著自己的妻子或母親。同樣地，對於一個住在道路附近的男人也是如此，他會有股渴望，想要背起一個背囊走往他鄉，也同樣地把一個快樂的家丟在身後。很少人能夠在一個沒有這麼做的年輕時代過去之後，還能去追隨這股渴望。但是我認為有時候，年老也像年輕一樣影響我們，就像強烈的香檳酒流進了我們的腦袋，然後我們敢於去做以前從來不敢的事，也許同時是因為我們感覺到，這會是最後一次機會了。然而，雖然年輕時代我們或許能夠繼續這樣的冒險，但到了我的年紀則是很快地就發現到，那就像是凱美拉*一樣，只是個無法實現的幻想，而且人類並不擁有那種力量。妳願意讓我回來嗎？

愛妳的丈夫，

艾德加

「信很簡單，」阿爾諾的父親說，「而且表達了我的感覺。」

「你真的是這樣覺得的嗎？」戈林小姐問。

「我相信是的，」阿爾諾的父親說，「一定是這樣的。當然我沒有對她提到我對妳的感情，但她會猜到的，而這類的事情最好還是不要說破……」

他往下看著他的羊毛手套，什麼都沒說地過了一會兒。突然他把手伸進口袋裡掏出另一封信。

「對不起，」他說，「我差點忘了。這是阿爾諾要給妳的信。」

「噢，」戈林小姐說，一面打開信，「會是什麼事呢？」

「一定是一大堆無足輕重的事，還有關於那個蕩婦，沒有比那更糟的了。」戈林小姐把信展開，開始大聲唸。

親愛的克莉絲汀娜，

我有告訴父親，要跟妳解釋我們最近改變住處的原因，我希望他有這麼做，而且妳會感到欣慰，因為我們並非輕率地，或是以一種妳可能會覺得欠考慮的方式行事。露西要妳把支票寄到現在的這個地址，父親應該要把這點告訴妳的，但我想也許他會忘記。露西，我恐怕得說，對妳現在的越軌行為感到非常地心煩，時常擺盪在乖戾跟憂鬱的心情中。我本來希望這種狀況在我們搬過去後會獲得改善，但她仍然籠罩在漫長的沈默中，而且經常在晚上哭泣，更別提她極度暴躁不安這件事了。她已經跟阿德蕾發生了兩次激烈口角，而我們才搬來兩天而已。我在這些事情中發現到，露西的天性真的是屬於無比地細緻和病態的，我著魔般地想待在她身旁。而阿德蕾則是有著非常平穩的心性，但她擁有令人驚訝的智慧，而且對每個藝術領域都相當有興趣。我們想等生活更穩定之後，一起辦一個雜誌。她是個漂亮的金髮女孩。

我好想妳，親愛的，而且我請求妳相信，若我能夠有辦法觸摸到我內在的東西，我會衝破這個包圍著我的可怕繭殼。我真希望有一天能夠如此。我永遠會記得我們初次見面時妳告訴我

*凱美拉(chimera)為神話中的獅頭羊身蛇尾怪獸，既是四不像，現實中也不存在。

的故事，它對我來說總是包含著某種奇怪的深意在，雖然如今我得向妳承認，我無法解釋那是什麼。現在我得走了，為『泡泡』拿些熱茶到她的房裡去。拜託，拜託妳相信我。

愛與親吻，

阿爾諾

「他是個好男人。」戈林小姐說。因為某種原因，阿爾諾的信讓她感到悲傷，而他父親的信則令她心煩跟困惑。

「那麼，」阿爾諾的父親說，「若我想趕上下一班渡船的話，現在就得走了。」

「等等，」戈林小姐說，「我陪你走到碼頭。」她迅速地解下了一朵她戴在外套領口的玫瑰花，把它別在老人西裝的翻領上。

當他們抵達碼頭的時候，鑼聲響過了，而渡船已準備好要啟程到島上去。戈林小姐看到這個情況鬆了一口氣，因為她原本很怕會有一段長長的傷感場面。

「看來，我們到得正是時候。」阿爾諾的父親說，試著想裝出一種輕鬆的態度。但是戈林小姐可以看到他的藍眼因為淚水而濕潤……她幾乎忍不住自己的眼淚，所以她將視線從渡船轉開往小丘上看去。

「請問，」阿爾諾的父親說，「妳可不可以借我五十分錢。我把所有的錢都寄給我妻子了，而我早上沒想到要跟阿爾諾借些錢。」

她很快地給了他一塊錢，然後他們跟彼此吻別。當渡船開出去的時候，戈林小姐站在碼頭揮手，他請她為了他而這麼做。

當她回到公寓的時候，發現那裡是空的，所以她決定去酒吧喝酒，心裡頗篤定安迪若不是已經在那裡了，早晚也會到的。

她在那裡喝了好幾個小時。天色開始變暗，安迪還沒到，而戈林小姐覺得有點鬆了口氣。她轉頭望向身後，看到那名擁有像靈柩一樣的車的壯碩男人正走進門。她不由自主地顫抖，然後甜甜地對酒保法蘭克微笑。

「法蘭克，」她說，「你難道都不休假的嗎？」

「並不想。」

「為什麼不？」

「因為我要拼命努力工作，以後再來做些讓這些辛苦值得的事。反正，我除了想自己想思考的事情之外，也沒什麼別的樂趣。」

「我真討厭去想自己的事，法蘭克。」

「不會吧，那樣太傻了。」法蘭克說。

穿著厚大衣的男人爬上了一張高腳椅，丟了五十分錢在吧台上。法蘭克把他的飲料端給他。他把它喝下去之後，轉向戈林小姐。

「妳想來杯酒嗎？」他問她。

如同她對他的恐懼，戈林小姐感到一陣奇特的戰慄，因為他終於還是跟她講話了。她已經好幾天都在期待這件事情的發生，而她忍不住得把這個告訴他。

「真是太感謝你了。」她以那麼討好他的方式說著，令一向不苟同女人跟陌生人說話的法蘭克陰沉地皺起眉，走到吧台另一端開始看起一本雜誌。「真是太感謝你了，我很樂意。也許你會有興趣知道，我想像我們一起喝酒的樣子已經有好一陣子了，而且我一點也不驚訝你會開口問我。我也猜想這一兩天就該是時候了，而且是在酒吧裡沒其他人的時間。」這個男人點了一兩次頭。

「那麼，妳想喝什麼？」他問她。戈林小姐非常失望他沒有對她的話做任何直接的回應。

法蘭克把酒端上之後，他把它從她面前一把拿走。

「走，」他說，「我們到包廂那去坐。」

戈林小姐費勁地從高腳椅上下來，跟著他走到離門口最遠的包廂處。

「那……」他們坐在那裡一會兒之後，他對她說，「妳在這裡工作嗎？」

「哪裡？」戈林小姐說。

「這裡，這個鎮上。」

「不是。」戈林小姐說。

「那麼，妳在別的鎮上工作嗎？」

「不是，我不工作的。」

「不對，妳有工作。妳別想騙我，因為沒人騙得過我。」

「我不了解你在說什麼。」

「妳是個妓女，雖然改扮了一下，不是嗎？」

戈林小姐笑了。「我的老天！」她說，「我從來不知道只因為我有著紅頭髮就看起來像個妓女；也許會像個流浪的酒鬼或是脫逃在外的精神病患，但可從不是個妓女！」

「在我看來，妳既不像流浪的酒鬼也不像脫逃的精神病患。妳看起來是個妓女，就是這樣。我不是指只做一小段時間的妓女，而是頗有經驗那種。」

「雖然，我不反對妓女，但我向你保證我真的不是。」

「我不相信妳。」

「如果你不相信我所說的話，」戈林小姐說，「我們怎麼可能發展出任何友誼呢？」

這個男人再搖了一次頭，「我不相信妳說妳不是個妓女這件事，因為我知道妳就是。」

「好吧，」戈林小姐說，「我不想再爭論了。」她注意到，他的臉並不像大部分人般，在專注於對話的時候會有更多表情在上面，這讓她感到自己對他的所有不祥預感都有了道理。

他現在用自己的腳撫摸上她的。她試著想要微笑，但是卻沒辦法。

「別這樣，」她說，「法蘭克在吧台後很容易可以看到你的動作，我覺得很不好意思。」

他似乎完全忽略她的話，繼續磨蹭著她的腿，越來越有力。

「妳要不要跟我回家，來頓牛排晚餐？」他問她，「我有牛排、洋蔥還有咖啡。如果一切順利的話，妳可以住個幾天，甚至更久。上一個女孩桃樂西一週前才剛走。」

「我覺得這主意不錯。」戈林小姐說。

「那麼，」他說，「到那裡需要開大約一小時的車，我現在必須去鎮上見一個人，但我會在半小時左右之內回來，如果妳想吃牛排的話最好到時也在這兒。」

「好，我會的。」戈林小姐說。

他走了沒幾分鐘後安迪就來了。他雙手插在口袋裡，大衣的領口豎起。他往下看著自己的腳。

「我的老天！」戈林小姐自言自語道，「我得立刻把這個消息告訴他，而我一週來從沒看他這麼消沉過。」

「到底出了什麼事？」她問他。

「我去看了一場電影，給我自己上點自我控制的課。」

「那是什麼意思？」

「意思是，我很心煩。這個早上我的靈魂被整個翻過來，而我只有兩個選擇，去喝酒喝個不停，或者是去看場電影，我選了後者。」

「但你看起來還是沮喪得很。」

「我現在已經比較不沮喪了。我正展現出自我內心激烈交戰後的結果，而妳知道，勝利的表情往往與落敗的表情很像。」

「勝利褪色得如此之快，很少會顯而可見，我們能看見的總是落敗的表情。」戈林小姐說。她不想在法蘭克面前告訴他自己得走了，因為她確定法蘭克會知道她要去哪裡。「安迪，」她說，「你介不介意跟我到對街去，那間冰淇淋店？我有些話想跟你談。」

「好啊，」安迪出乎戈林小姐意料之外的爽快地說，「但我立刻就要回來喝一杯。」

他們走到對街的冰淇淋店去，找了張桌子面對面坐下。除了他們跟一名年輕服務生之外，店裡沒有其他人在。當他們進來的時候，他對他們點點頭。

「妳又來了？」他對戈林小姐說，「今天早上那個老人等了妳真久。」

「是的，」戈林小姐說，「真是可怕。」

「不過，反正妳離開的時候給了他一朵花，他一定又被逗得很樂。」

戈林小姐並沒有回答他，因為她沒有多少時間可以浪費了。

「安迪，」她說，「我在幾分鐘之內得出發去一個離這裡約一小時車程遠的地方，而我大概有好一段時間都不會再回來了。」

安迪似乎立刻就明白了狀況，他把兩隻手掌在太陽穴上越壓越用力，戈林小姐往後靠到椅背上等待著。

終於，他抬頭看著她，「妳，」他說，「身為一個正直的人類，不能這麼對我。」

「可是，恐怕我可以的，安迪，我有我自己的夢想要追隨，你知道。」

「但妳曉不曉得，」安迪說，「當一個男人第一次感到快樂的時候，他的心是多麼地美而脆弱？就像是一層薄冰，囚禁著那些美麗鮮嫩的植物，在它融化時，它們就會被解放。」

「這是你在某首詩中讀到的。」戈林小姐說。

「那會讓它比較不美麗嗎？」

「不會，」戈林小姐說，「我承認那是個非常美的想法。」

「現在妳把冰融化了，妳不會把那些植物們拔起來吧。」

「噢，安迪，」戈林小姐說，「你讓我聽起來好可怕！我只是想為自己解決一些事情。」

「妳沒有權力這麼做，」安迪說，「妳並不是一個人活在這個世界上的，妳跟我有了關係！」他更加地激動起來，也許是因為了解到對戈林小姐說什麼都沒有用的。

「我會跪下來。」安迪說，對她晃著拳頭。話才出口不久他就在她腳邊跪下了，服務生嚇了一大跳，覺得自己最好說點什麼。

「聽著，安迪，」他很小聲地說，「你要不要站起來再把事情想一想？」

「因為，」安迪說，把聲音越提越高，「因為她不敢拒絕一個跪下來的男人。她不敢！那會是種褻瀆。」

「我看不出來為什麼會是如此。」戈林小姐說。

「如果妳拒絕，」安迪說，「我會羞辱妳，我會用爬的爬到街上，我會讓妳感到羞恥。」

「我真的沒有任何羞恥感，」戈林小姐說，「而且我覺得你除了努力地當了一個大傻瓜之外，也把自己的羞恥感太過誇大了。現在我得走了，安迪，請你站起來。」

「妳瘋了，」安迪說，「妳瘋了，而且像怪物一樣可怕——真的。怪物般地可怕。妳的行為就像怪物一樣可怕。」

「或許，」戈林小姐說，「我的行為是有些奇怪，但我一直以來有個想法：英雄們覺得自己是怪物，因為他們是如此背離正常人的範圍，但是往往在之後當他們回頭看時才發現，一些真正怪物般可怕的行為卻被以正常之名犯下。」

「瘋子！」安迪跪著喊道，「妳甚至不算是個基督徒。」

戈林小姐輕輕地在安迪頭上親了一下之後，迅速地離開了冰淇淋店，因為她發現，若她不趕快離開他的話就會錯過她的約會了。實際上，她判斷得很正確，因為當她到達酒吧的時候，她的朋友正走出門口。

「妳要跟我出去嗎？」他說，「我比之前預計的還早了一點到，而我決定不等了，因為我不覺得妳會來。」

「但是，」戈林小姐說，「我已經接受了你的邀請，為什麼你不覺得我會來呢？」

「別激動，」這個男人說，「來吧，我們上車。」

在他們離開鎮的途中，經過了那間冰淇淋店。戈林小姐透過車窗往外看，想著是否可以看到安迪在那兒。但令她驚訝的是，冰淇淋店不但充滿了人，還滿到街上來佔據了大部分的人行道，所以她一點都看不到店裡面的狀況。

那個男人跟未做制服打扮的司機坐在前座，她自己一個人坐在後座。這個安排起初讓她感到驚訝，但她很高興。她很快就了解到為何他要如此安排座位，離開鎮上不久之後，他轉過頭對她說：

「我現在要睡覺，我在這裡比較舒適，因為不會倒來倒去的，妳想的話可以跟司機聊天。」

「我並不想要跟誰說話。」戈林小姐說。

「總之，隨便妳想做什麼，」他說，「直到牛排已經在烤架上之前我都不想被叫醒。」他立即把帽子拉下來蓋住眼睛然後就睡了。

當他們一路開著，戈林小姐感到有生以來從未有過的悲傷和寂寞，她全心地想念安迪、阿爾諾、簡隆小姐以及那名老人。很快地她就在後座默默地啜泣，她用了極大的意志力才制止自己打開車門跳到外面的路上去。

他們經過了幾個小鎮。最後，就在戈林小姐剛打起瞌睡的時候，他們抵達了一個中型的都市。「這是我們要到的城市。」司機說，認定戈林小姐一直在不耐煩地看著路。那是個吵雜的城市，有許多的路面電車，全往不同的方向開去。戈林小姐驚異地發現，這些噪音並未吵醒她在前座的朋友。他們很快地離開了市中心，雖然當他們開到一棟公寓前時，仍然還在市區範圍內。司機老半天叫不醒他的老闆，最後他在他耳邊大喊他的住址，才終於成功了。

戈林小姐在人行道上等他，先把重心放在一隻腳上，然後是另一隻。她注意到有個小花園延伸到公寓的前方，裡頭栽植著常青樹種跟矮樹，全都還是小小的，因為這個花園跟公寓都還很新。一串有倒鉤的鐵絲圍繞著花園，有隻狗正試著從它下面爬過去。「我去把車停好，班。」司機說。

班走出了車子，然後推著戈林小姐走在他前面，進入了公寓的大廳。

「仿冒的西班牙風。」戈林小姐與其是對班說，不如更是對自己說道。

「這不是仿冒的西班牙風，」他陰鬱地說，「是真的西班牙風。」

戈林小姐笑了一下。「我不這麼認為，」她說，「我去過西班牙。」

「我不相信妳，」班說，「無論如何，這是真正的西班牙風，每一吋都是。」

戈林小姐環視四周的牆，上面塗著黃色灰泥，裝飾著壁龕和一群群的小圓柱。

他們一起走進一個狹小的電梯，而戈林小姐的心臟幾乎快停了。她的同伴按了一個鈕，但是電梯一動都不動。

「我真想把做這玩意兒的人五馬分屍。」他說，用力蹬著地板。

「噢，拜託你，」戈林小姐說，「拜託你讓我出去。」

他不管她，反而更加用力地蹬著地板，一遍又一遍地按著按鈕，彷彿她聲音中的恐懼令他亢奮。最後電梯終於動了，戈林小姐把臉埋在手裡。他們到達三樓，電梯停下來，然後他們走出去。他們在三道面向一條細長走廊的門前之一停下來。

「鑰匙在吉姆身上，」班說，「他等下就上來了。我希望妳知道，我們可不會一起跳舞或幹些其他的蠢事，我受不了所謂娛樂那種東西。」

「噢，那些我全都很喜歡，」戈林小姐說，「我基本上是個輕鬆的人，也就是說，我喜歡所有輕鬆的人會喜歡的事情。」

班打了一個呵欠。

「他永遠也不會聽我說話。」戈林小姐自言自語道。

*

沒一會兒，司機就帶著鑰匙回來、開門讓他們進去。客廳很小而且不漂亮，有人把一大捆東西留在客廳正中央的地板上。透過紙上的一些裂縫，戈林小姐可以看到這捆東西裡面是一條漂亮的粉紅色棉被。看到這條被子讓戈林小姐有點受到鼓舞，然後問班是否自己選了這條被子。他沒有回答她的問題，而是出聲去叫正在客廳隔壁廚房裡的司機。連接兩個房間的門是打開的，戈林小姐可以看到司機戴著帽子穿著外套站在水槽邊，正在慢慢地打開牛排的外包裝。

「我告訴過你，當他們要把那條該死的毯子送來時你得盯著的。」班對他大吼。

「我忘了。」

「那就帶些便條紙在身上，偶爾從你口袋裡掏出來看一下。那東西隨便都可以買得到。」

班一屁股坐到沙發上戈林小姐的旁邊，她已經在那邊坐好了。他把雙手放在她的膝蓋上。

「怎麼回事？你買了這條棉被之後又不想要了？」戈林小姐問他。

「不是我買的，是那個上禮拜跟我住的女孩買的，就為了當我們在床上的時候可以蓋。」

「而你不喜歡這個顏色？」

「我討厭周圍有些亂七八糟的東西。」

他坐在那裡悶頭想了一會兒，而戈林小姐在每次他陷入沉默時都心跳得太快，所以正在搜索枯腸找個問題來問。

「你不喜歡討論事情。」她對他說。

「你說聊天？」

「對。」

「不，我不喜歡。」

「你為什麼不喜歡？」

「你在聊天的時候會說得太多。」他心不在焉地回答。

「難道你不會急著想知道別人是怎樣的嗎？」

他搖了搖頭。「我不需要去了解別人，而且更重要的是，他們也不需要了解我。」他從眼角看著她。

「可是，」她有點喘不過氣地說，「你一定會有些喜歡的事。」

「我喜歡女人。而且如果能快速得手的話，我也喜歡賺錢。」毫無預警地，他跳起來站著，然後把戈林小姐拉起來，頗粗魯地攫住她的腰。「他準備牛排的時候，我們到房裡去一下。」

「噢，拜託，」戈林小姐懇求道，「我好累，晚餐前讓我們在這裡休息一下吧。」

「隨妳便，」班說，「我可要去我的房裡躺下來，等牛排弄好。我喜歡熟的。」

他離開之後，戈林小姐坐在沙發上扯著自己汗濕的手指。她掙扎著是否要順從那股排山倒海的慾望衝出這房間，或者是另一種病態的衝動而留在此地。

然而，當司機叫醒班，宣布牛排已經準備好了的時候，戈林小姐決定自己絕對必須要留下來。

他們坐在一張小摺疊桌旁，開始沉默地吃著。他們才剛剛要吃完，電話就響了。班去接，講完電話之後，他回來告訴吉姆跟戈林小姐，他們三個都要一起進城去。司機意有所指地看著他。

「那地方離這裡不遠。」班說，套上外套。他轉頭對戈林小姐說，「我們要去一間餐廳。」他對她說，「當我跟一些朋友談生意的時候，妳要耐心坐在另一張桌子那邊等我。如果事情拖得太久，我們兩個就在市中心我常去的一間旅館過夜。吉姆會把車開回來睡在這兒。瞭解嗎？」

「非常明白。」戈林小姐說，她自然很開心要離開這間公寓了。

*

那間餐廳不是個令人愉快的地方。它位在一棟老房子的一樓，一個很大的方形房間裡。班把她帶到一個離牆很近的桌子旁，叫她坐下。

「妳可以叫一點東西。」他說，然後走到臨時搭的吧台處，那吧台是由一些細木片跟混凝紙拼湊起來的。有三個男人站在那兒。

客人幾乎都是男性，戈林小姐注意到當中沒有什麼醒目的臉孔，不過也沒有人衣著襤褸。正在跟班講話的那三個男人很醜，甚至看起來很凶惡。不一會兒，她看到班向一名坐在自己桌子不遠處的女子打了個手勢，她過去跟他說話，然後快速地走到戈林小姐的桌子前。

「他想要妳知道他會在這裡待很久，也許要兩三個小時。我會負責給妳想要的東西，妳想要來份義大利麵或是三明治？我可以幫妳拿來。」

「不了，謝謝妳，」戈林小姐說，「但妳可以坐下來跟我喝杯飲料嗎？」

「說真的，我不行，」這個女人說，「雖然我很感謝妳。」她在道別之前猶豫了一下子。「當然，我會想請妳到我們的桌子那裡加入我們，可是情況有點難解釋。大部分在這裡的客人都是老朋友，當我們跟彼此見面的時候，會把所有發生的事情都告訴對方。」

「我了解。」戈林小姐說。她看到她離開頗為難過，因為她沒有想到得獨自坐個兩三小時。雖然她並不那麼想跟班作伴，但是要在這麼少的事情可以轉移注意力的狀況下懸著等那麼久，幾乎讓她無法忍受。她想到或許她可以打電話給一個朋友，請她到這個餐廳來一起喝杯酒。

「當然，」她想，「班不能反對我跟另一個女人聊聊。」安娜跟考伯菲爾太太是僅有的兩個她熟到足以在如此臨時的邀請下還能過來的人。兩者中她比較想邀考柏菲爾太太，而且覺得她會很願意接受這樣的邀請，但她不確定考柏菲爾太太是否已經從中美洲回來了。她叫喚侍者，要求他帶她去電話那兒。在問了幾個問題之後，他帶她到一個簡陋的玄關，為她撥了號碼。她成功地找到了她的朋友，後者一聽到戈林小姐的聲音就高興極了。

「我立刻過去。」她對戈林小姐說，「能跟妳聯絡上實在是件很棒的事情。我才回來不久，而且我想我不會留下來。」

就在考伯菲爾太太告訴她這些的時候，班走進了玄關，從戈林小姐手中一把搶過了聽筒，「妳在搞什麼鬼？」他質問。

戈林小姐請考柏菲爾太太等一下，「我正在打電話給一位女性朋友，」她對班說，「一位好一陣子沒見的女性朋友。她是個活潑的人，而我猜或許她會想過來跟我喝杯酒，我在位子上開始覺得挺寂寞的。」

「喂，」班對電話吼道，「妳要來嗎？」

「一定，而且立刻，」考柏菲爾太太回答道，「我仰慕她。」

班似乎頗滿意，一句話都沒說就把聽筒還給戈林小姐。然而，在離開玄關前，他對戈林小姐說他不會帶兩個女人回家。她點點頭，重拾與考柏菲爾太太的對話。她把侍者幫她寫下的餐廳地址告訴她，然後跟她道再見。

大約半小時後，考柏菲爾太太抵達了，身旁陪伴著一位戈林小姐從未見過的女子。她一看到這位老朋友的樣子就嚇了一跳。她瘦得不得了，而且還起了疹子。考柏菲爾太太的朋友很漂亮，戈林小姐想，但是她的髮質對她的品味來說太粗硬了。兩名女子都穿著昂貴的黑色服裝。

「她在那裡。」考柏菲爾太太叫道，抓住帕西菲卡的手，跑到戈林小姐的桌子來。「妳不知道我有多高興妳打電話來，」她說，「妳是世界上我唯一想見的人。這位是帕西菲卡，她跟我住在我的公寓裡。」

戈林小姐請她們坐下。

「聽著，」帕西菲卡對戈林小姐說，「我跟一位住在上城很遠處的男孩有約會。很高興能見到妳，但是他會非常緊張跟不開心的。她可以跟妳講話，然後我現在去見他。妳是一個很棒的朋友，她告訴過我。」

考柏菲爾太太站了起來，「帕西菲卡，」她說，「妳一定要留下來然後先喝一杯。這是個奇蹟，而且妳必須在。」

「現在實在是太晚了，而且我不立刻離開的話我會亂成一團的。她不願意自己一個人來。」帕西菲卡對戈林小姐說。

「要記得，妳保證過結束後會來這裡接我，」考柏菲爾太太說，「一旦克莉絲汀娜要走，我就會打電話給妳。」

帕西菲卡道了再見，然後就匆忙地離開了房間。

「妳覺得她怎麼樣？」考柏菲爾太太問戈林小姐，但沒有等待回答，她就叫了侍者過來，點了兩杯雙份的威士忌。「妳覺得她怎麼樣？」她重複一遍。

「她從哪裡來的？」

「她是個從巴拿馬來的西班牙女孩，而且是世界上最棒的人了。我們絕不離開彼此獨自行動。我非常地滿足。」

「然而，我得說，妳看起來有點糟。」戈林小姐說，她真的為她的朋友感到擔心。

「我得告訴妳，」考柏菲爾太太說，伏在桌面上，突然看起來非常緊繃，「我有點擔心——不是太擔心，因為我不會允許我不想要的事情發生——但是我有點擔心，因為帕西菲卡遇見了那個住在上城遠處的金髮男孩，而且他還要她嫁給他。他什麼話也不會說，而且是個不怎麼樣的人。但是我想他蠱惑了她，因為他總是在稱讚她。我曾經跟她去過他的公寓，因為我不許他們倆個單獨在一起。她還為他煮了兩次晚餐，他為西班牙食物瘋狂，而且會啃光她放在他面前的每一盤東西。」

考伯菲爾太太往後靠回椅背，專注地凝視著戈林小姐的眼睛。

「只要我一訂好船票，就帶她回巴拿馬。」她又點了一杯雙份威士忌。「總之，妳覺得怎樣？」她急切地問。

「也許妳最好還是先等一下，看她是否真的想要嫁給他。」

「別說瘋話了，」考伯菲爾太太說，「我活著不能沒有她，一分鐘都不行。我會完全變得支離破碎。」

「但妳已經支離破碎了。還是我離譜地錯估了妳？」

「妳說得對，」考伯菲爾太太說，把她的拳頭放在桌子上，看起來非常地凶惡，「我已經支離破碎了，而這正是我好幾年來的願望。我知道我已經罪無可赦了，但我享受了我的快樂，而且會像隻狼一樣地保衛著它。我現在有了權力跟一些膽量，那是——如果妳能夠正確記得的話——我以前從來沒有的。」

考伯菲爾太太喝醉了，看起來更加地失態。

「我記得，」戈林小姐說，「妳以前是個有點害羞，但我敢說非常有勇氣的人。要跟像考伯菲爾先生那樣的男人生活，是需要很大的勇氣的，雖然我想妳已經不跟他在一起了。我一直真的非常敬佩妳，但我現在不確定是否還是如此。」

「那對我來說沒有任何差別，」考伯菲爾太太說，「反正我覺得妳變了，而且已經失去妳的魅力。妳以前是那麼地優雅而且善解人意。別人都覺得妳沒有什麼頭腦，但是我卻覺得充滿直覺而且擁有神奇的力量。」她點了另一杯酒，坐著悶頭想了好一會兒。

「妳會主張，」她用一種非常清晰的聲音繼續說道，「所有的人都具有同等的重要性，但是，雖然我非常愛帕西菲卡，我認為很明顯地我是比較重要的。」

戈林小姐不覺得她有任何權利可以跟考伯菲爾太太爭論這點。

「我了解妳的感覺，」她說，「而且也許妳是對的。」

「感謝上帝。」考伯菲爾太太說，然後把戈林小姐的手握在自己手裡。

「克莉絲汀娜，」她懇求道，「請別再反對我了，我受不了。」

戈林小姐希望考伯菲爾太太現在會開始詢問她的生活如何，她有一股極大的慾望想要告訴別人過去一年來發生的所有事情。但是考伯菲爾太太卻坐在那裡大口把酒灌下喉嚨，偶而還濺出了一些到臉頰上。她甚至沒有看戈林小姐。她們就在那裡沉默地坐了十分鐘。

「我想，」考伯菲爾太太最後說，「我要去打電話給帕西菲卡，要她在四十五分鐘之內來接我。」

戈林小姐帶她到打電話的地方，然後回到桌子處。一會兒之後她抬高視線，注意到有另外一個男人加入了班跟他的朋友們。當她的朋友打完電話回來後，戈林小姐立刻發覺到有事情非常不對勁。考伯菲爾太太癱進自己的位子裡。

「她說她不知道幾時能過來，而如果妳要走的時候她還沒有到，我不是跟妳走，就是獨自回家。事情就是會這樣，對吧？但是我這個人的好處就在於，我總是還離絕望一步之遙，而且就我所知，我是少數能夠以全然輕鬆的態度做出暴力行為的人。」

她在她的頭上搖搖手。

「暴力的行為一般都是輕鬆地被做出來。」戈林小姐說，她在此刻對考伯菲爾太太極端地反感。考伯菲爾太太從位子上站起來，歪歪倒倒地走向吧台，她站在那裡頭也不回地一杯接一杯地喝著酒，小小的頭幾乎被外套上的巨大毛絨翻領完全地掩藏住了。

戈林小姐走去看了考伯菲爾太太，以為可以說服她的朋友一同回到桌子那邊。但是考伯菲爾太太對戈林小姐露出了一張憤怒而淚痕斑斑的臉，手用力地往外揮，前臂正好打在戈林小姐的鼻子上。戈林小姐回到她的位子上，坐在那裡照料她的鼻子。

讓她非常驚訝的是，在大約二十分鐘之後，帕西菲卡來了，她的那位年輕人陪在身旁。她把他介紹給戈林小姐認識，然後快步往吧台走去。這個年輕人雙手插在口袋裡站著，有點笨拙地望著四周。

「坐下吧，」戈林小姐說，「我以為帕西菲卡不過來了。」

「她本來沒有要來的，」他非常慢地回答道，「但是後來她決定還是過來，因為她擔心她的朋友會難過。」

「恐怕，考伯菲爾太太是一個精神非常衰弱的女人。」戈林小姐說。

「我對她不是很了解。」他謹慎地回答道。

帕西菲卡跟考伯菲爾太太一起從吧台回來，考伯菲爾太太現在處在極度愉快的狀態，想要請每個人喝杯酒，但是這個男孩跟帕西菲卡都沒有接受。這名男孩看起來非常悲傷，然後很快地就告辭離開，說他只是想看著帕西菲卡到達餐廳，然後就會回自己家去。考伯菲爾太太決定要陪他走到門口，一路上一直拍著他的手，但因為腳步蹣躚得非常厲害，使得他不得不伸出手環住她的腰以防她跌倒。同時，帕西菲卡傾身向戈林小姐。

「這真是可怕，」她說，「妳的朋友真像個嬰兒！我沒辦法離開她十分鐘，因為那會讓她心碎，而她又是個非常仁慈又慷慨的女人，有那麼美的公寓跟那麼美的衣服。我能拿她怎麼辦呢？她就像個嬰兒。我試著向我的年輕人解釋，但我其實無法跟任何人解釋清楚。」

考伯菲爾太太回來了，建議她們全部一起去別的地方吃點東西。

「我沒辦法，」戈林小姐說，垂下了她的眼睛，「我跟一位先生有約。」她想跟帕西菲卡多聊一下子。帕西菲卡有些地方讓她想起簡隆小姐，雖然帕西菲卡顯然是名個性更溫和而且在身體上更具吸引力的人。在這個時候，她注意到班跟他的朋友正穿上他們的大衣準備要離開了。她只猶豫了一下，然後就匆忙地跟帕西菲卡和考伯菲爾太太道別了。正當她把披肩圍上肩膀的時候，她很驚訝地發現，那四個男人非常快速地經過她的桌子往門口去，班沒有對她做任何手勢。

「他一定會回來的。」她想，但她決定走到玄關去。他們不在玄關，所以她打開門，站在玄關前的階梯上。從那裡，她看到他們全都上了班的黑色車子，班是最後一個上去的，而就在他踩上腳踏板的時候，他轉頭看見了戈林小姐。

「嘿，」他說，「我忘了妳在。我得去很遠的地方談重要的生意，不知道什麼時候才會回來。再見。」

他甩上身後的車門，然後他們開走了。戈林小姐開始走下石製的階梯，長長的階梯在她感覺卻似乎很短，就像是一個在很久之後才被想起來的夢境。

她站在街上，等著被喜樂跟輕鬆所征服。但是很快地，她就察覺到一種新的哀傷在她裡面。她覺得，「希望」永遠地捨棄了一個孩子氣的形式。

「我當然又朝成為聖人更接近了一些，」戈林小姐反省到，「但是否也可能，有部分藏在我看不見的地方的自己，正一層一層地累積著罪，速度就跟考伯菲爾太太一樣快？」戈林小姐覺得後面的這個可能性滿有意思，但卻不太重要。■

國家圖書館出版品預行編目資料

兩位嚴肅的女人／珍・柏爾斯（Jane Bowles）原作；林家瑄譯.——初版.——台北市.——行人，2006[民96]
256面；13 x 19公分
譯自：*Two Serious Ladies*
ISBN 978-986-83442-0-4（平裝）

874.57　　9600715

Two Serious Ladies
by Jane Bowles

《兩位嚴肅的女人》
原著者：珍・柏爾斯
譯者：林家瑄
執行編輯：周易正
美術設計：黃瑪琍
印刷：中原造像
定價：240元
ISBN ：978-986-83442-0-4
2007年6月 初版.

出版者：行人出版社
106 台北市溫州街12巷14-1號
電話：886-2-23641944 傳真：886-2-23641946
flaneur.tw
郵政劃撥：19552780

總經銷：遠流出版事業股份有限公司